ALFONSO MAGAZ

# Domingo de Gloria

SUNRISE
Editorial

eraseunavez.org

eraseunavez.org

Primera edición, septiembre 2025

©Alfonso Magaz Robain, 2025

Edita: Sunrise capital, S.L.
©Sunrise Editorial
C/. Lima, 42, posterior
28945 Fuenlabrada, Madrid
entrelineas@eraseunavez.org
www.eraseunavez.org

Realización, impresión y distribución: Sunrise capital, S.L.
Diseño de cubierta: Magdalena Sevilla
Corrección y maquetación: Estela Rodríguez Millanes - beyka.es

ISBN: 979-13-990633-9-4
Depósito legal: M-17451-2025

 Con la compra de este libro usted colabora con 2 céntimos de € para la plantación de árboles.

 Impreso en papel ecológico

Impreso en España / Printed in Spain

# 1

Llevo quince años con mi novio, toda una vida, pero un día, de pronto, todo termina.

Abandono el hogar arrastrando una maleta enorme. Preferiría que se hubiera ido él y haber tirado sus cosas por la ventana, como en las películas, pero eso es algo imposible: se agarra a su vida pasada como si nada hubiera cambiado y permanece incrustado en los pliegues de la casa que fue común.

El detonante fue la estupidez y la cobardía de Ruggeri, que así se llama mi novio. Un día, mientras desgranábamos guisantes en la mesa de la cocina, me confiesa, como quien no quiere la cosa, que me ha sido infiel.

Se me cae la vaina de las manos y el mundo encima.

No porque me haya sido infiel, esas cosas pasan y nadie está libre de pecado, sino porque me lo haya dicho.

Unos guisantes ruedan por el suelo.

—Tú eres imbécil, ¿para qué me lo cuentas? ¿Para lavar tu conciencia? Hasta aquí hemos llegado, cobarde —digo indignada— y sobre todo no me digas que no me ponga así.

Me ha proporcionado una excusa para separarme, últimamente estaba bastante harta de mi situación. He perdido la ilusión.

Pero separarse no es fácil desde el punto de vista material.

Solo disponemos de una vivienda y de un coche. Pasamos a compartir lugar, pero nada más. A él lo envío al sofá cama del salón.

Está claro que espera a que pase la tormenta y todo vuelva a ser como antes. Pero se equivoca.

Una mañana, en la que tengo que ir a una entrevista de trabajo, la situación degenera por completo. Estoy en el baño, depilándome, cuando entra Ruggeri dispuesto a cepillarse los dientes como si nada.

—¿No ves que estoy aquí y además desnuda?

—No pasa nada compañera, llevamos toda la vida viéndonos desnudos.

—Toda la vida no, quince años, además no es esa la cuestión. Me gusta disponer de mi espacio de intimidad. Haz el favor de salir —digo, mientras me tapo con una toalla—. ¡Y no me llames compañera!

Tarda en salir y lo hace mirándome con descaro. Decido en ese mismo momento que no aguanto un día más con él. Lleno una maleta con toda mi ropa y me voy a la Consejería de Cultura de Castilla y León. No es un destino caprichoso, es que estoy citada allí.

Dentro del malestar que me genera la situación, me siento a gusto y aseada. Siempre me ha gustado ir depilada a las entrevistas de trabajo, no sé muy bien por qué.

# 2

Nunca hubiera aceptado este encargo de saber la que me esperaba.

Pero lo acepté y además muy contenta de hacerlo. Hace tiempo que mis ingresos dependen exclusivamente de los trabajos que me consigue mi amiga Lara en la consejería de Cultura de la Junta de Castilla y León. El título del organismo en cuestión es muy largo, pero está pensado para camuflar la realidad. La Consejería la llevan prácticamente entre el consejero y su secretaria. El resto son subcontratados, como yo misma, por ejemplo.

El consejero, Leandro Martínez no parece muy espabilado. Todo el mundo piensa que siempre se nombra al más inútil para la gestión de la cultura porque es la consejería de menor presupuesto. Leandro ayuda a perpetuar esta percepción con su manía de utilizar en la conversación lugares comunes mal enunciados, pero a mí no me engaña, en el fondo es muy astuto. No en vano es el consejero que lleva más tiempo en su cargo. El sistema que ha instaurado de externalizar cualquier actividad de la Consejería le permite hacer favores a gente variopinta, favores que luego le deben. Además, tiene el indudable mérito de haber sido en su adolescencia, compañero de pupitre del presidente de la Junta.

Afortunadamente, mi amiga trabaja de administrativa y secretaria para todo en esta consejería. Ella me avisó:

—Pásate cuando puedas que tengo algo para ti.

El trabajo, sea cual sea, me viene muy bien ahora que estoy separándome de mi pareja.

—Cristina, te avisé de que tenía un trabajo para ti, pero no es de incorporación inmediata —dice Lara mirando mi enorme maleta.

—Luego te cuento, ¿qué es lo que hay? —pregunto sin ninguna fe en que sea un trabajo interesante. Soy licenciada en Historia del Arte y gran conocedora del patrimonio de mi región. En eso he trabajado siempre. Es cierto que comencé como vigilante de sala en un museo de Madrid, pero con el tiempo he ido progresando.

—Tienes que supervisar una restauración muy ambiciosa que incluye el inmueble y los bienes muebles. El arquitecto lo llama una restauración integral. Es en Tierra de Campos en la iglesia de Santa Eufemia en Autillo de Campos —me dice Lara que siempre es muy concisa.

La conozco… Es una iglesia muy grande con fachada neoclásica. Nada que ver con las pequeñas iglesias románicas del camino de Santiago, que son mi especialidad.

Supervisar es mucho decir. En estos casos, mi labor consiste en controlar mensualmente el trabajo realizado y que no se cobre nada que no se haya hecho aún. Utilizo la cinta métrica a destajo.

A mí me gusta el arte. He presentado proyectos en la Consejería de todo tipo, barriendo todos los campos posibles. Propuestas generalistas como «El Camino de Santiago en el arte y la cultura europeas» hasta otras más locales como «el órgano barroco en Tierra de Campos» o «las tallas góticas en las iglesias de la provincia de León».

Nunca he recibido respuesta a mis propuestas.

—Puedes pasar a ver al consejero —me dice Lara—, casualmente está en su despacho.

Leandro Martínez no suele estar casi nunca en la Consejería. Habitualmente suele estar desayunando. Es un hombre de desayuno largo y trabajo corto.

Dudo, me da pereza ir a verlo ya que es una persona deprimente. Lara detecta mi gesto de duda y me reprende con su mirada. Tiene razón, hay que intentarlo todo, sin desfallecer nunca.

Me acompaña a la puerta del despacho.

Al entrar, lo veo simulando estar enfrascado en su trabajo, leyendo un informe voluminoso. Es indudable que sabe leer, pero dudo mucho de que asimile lo que dice el texto.

—¿Quieres algo? ¿Te ha contado Lara lo del trabajo en Autillo? —me pregunta con nulo interés—. Que sepas que estás contratada, lo que necesites saber, ella te lo explicará. Ahora estoy muy ocupado.

Menudo imbécil. Pregunto si ha recibido mis propuestas, pregunta idiota porque sé fehacientemente que Lara se las ha ido poniendo encima de la mesa una por una.

—Unas propuestas muy interesantes. Si se hace algo al respecto las tendremos en cuenta.

Tengo la impresión de que no sabe de qué estamos hablando.

Sigue enfrascado en su carpeta. Me desabrocho un botón de mi blusa para ver si mi escote, generoso, le provoca más interés que mis propuestas culturales.

Levanta la cabeza de su carpeta, sin mirarme, como si fuera transparente y me insiste de nuevo:

—Todo lo que necesites saber, pregúntaselo a Lara.

Vuelvo a ver a mi amiga y a recuperar mi maleta. Ella está muy aburrida y me propone ir juntas a ver la iglesia de Autillo.

—Te lo iba a pedir porque me he quedado sin coche.

Lara me lleva en el suyo. Ella lo hace todo bien, es capaz de conducir, preguntarme por mis cuitas y darme consejos, todo al mismo tiempo y además transitando por la carretera que lleva de Valladolid a Palencia. La carretera de la muerte, como la llaman.

# 3

Le cuento mi historia y me dice:

—Quédate una temporada en Tierra de Campos. Tenemos un presupuesto de gastos muy alto para esta obra. Así te ahorras tener que dar explicaciones a tu novio. No sirven para nada y él no las va a entender. Los hombres te piden disculpas y te dan la razón en todo, pero nunca entienden por qué te quieres ir. Ellos siempre quieren seguir a pesar de todo. Haces bien en cortar, pero no pretendas que la decisión sea mutua. Sal corriendo sin más, no tienes otra opción.

Estoy de acuerdo con lo que dice. Yo solo quiero olvidar.

Lara sale de la carretera nacional para transitar por carreteras pequeñas sin tráfico alguno.

Me gusta la Tierra de Campos porque es un lugar con horizonte.

Cruzamos el Canal de Castilla por un puente de piedra. También he presentado un proyecto para estudiar su trazado con una propuesta de revitalización para el turismo.

Lara interrumpe mi pensamiento:

—Ese proyecto tendrían que haberlo aceptado. Es muy interesante.

Llegamos a nuestro destino. Un pueblo pequeño con algunas casas de adobe. Vamos directamente a la plaza delante de la iglesia.

—Este es el lugar de tu nuevo trabajo. ¿Quieres verla ahora?

Están montando un andamio en la fachada. Salvo eso, todo el pueblo está desierto.

La iglesia de Santa Eufemia no es una al uso de los pueblos de la Tierra de Campos. Más parece una basílica Romana que una iglesia parroquial de un pueblo pequeño. Siento crecer en mí una pequeña excitación, estoy deseando descubrir su interior y sus tesoros.

Lo primero es hacerse de rogar. No quiero dar la impresión de ser una chica fácil, apasionada por su trabajo. Me acerco tímidamente, como si pasara por allí de casualidad. El acceso se hace a través de un atrio abierto delimitado por una rejería con abundante decoración. Una cadena atada con un candado descomunal indica que la iglesia está cerrada a cal y canto.

Los que montan los andamios parecen feriantes. Pertenecen, según mi parecer, al escalón más marginal de la construcción. No se relacionan con nadie porque llegan los primeros, montan los andamios con mucha prisa, y se van hasta la terminación de la obra meses más tarde en que vuelven para desmontarlos cuando todos los demás se han ido. Lo mismo pasa con los feriantes y los temporeros, son oficios que impiden relaciones duraderas. En estos momentos, esta circunstancia me da envidia. Me propongo tener varios encuentros esporádicos durante mi estancia en Autillo. Le digo a Lara:

—Creo que me voy a tirar a todos los de la obra que se dejen. Voy a ponerme al día, he perdido mucho tiempo con Ruggeri.

Ella me mira asombrada pero siempre tiene la respuesta adecuada:

—Evita al clero, te puedes meter en problemas.

Pregunto a un par de operarios de los andamios que tienen el cuerpo lleno de tatuajes:

—¿Sabéis si hay algún bar en este pueblo?

—Solo hay uno, el de la legionaria. Está en esa calle —me dice uno con una sonrisa sardónica señalando la calle que parte frente a la iglesia.

Yo no estoy para sutilezas. Su sonrisa querrá decir lo que sea, pero no lo voy a tener en cuenta. No tengo tiempo ni ganas para interpretar sonrisas.

El bar es un antro. Un antro rural. Cruzamos una puerta de madera dividida en dos. La parte superior está abatida a un lado y deja ver el interior desde afuera. Se supone que es el interior del bar ya que se encuentra en la más absoluta oscuridad. Abro la parte de abajo formada por tablas toscas de madera y un picaporte grasiento, para adentrarnos en la oscuridad. Poco a poco la vista se adapta a la penumbra y vemos una barra al fondo.

Atiende la que a todas luces pone el nombre a un lugar tan poco acogedor. Tiene un tatuaje en su brazo de carnes fofas con un crucifijo, una espada y unas hojas de laurel. Es aterrador.

Estamos solas en el bar. A la derecha hay seis mesas de madera, cada una con cuatro sillas, todo muy ordenado y no hay un solo cliente. Hay una puerta que debe ser el baño, aunque no indica nada al respecto. A la izquierda hay una escalera que sube y termina en otra puerta. Frente a la barra hay dos banquetas que son el único elemento disonante en el bar. Deben de ser una adquisición reciente ya que no son de madera ennegrecida. Son metálicas y de las que hay que orientar para apoyar los pies.

Nos sentamos en la mesa más cercana a la puerta y pedimos el menú. Aprovecho para indagar sobre la posibilidad de encontrar alojamiento para una temporada.

—Tengo una habitación. Es la única disponible en todo el pueblo —dice con voz, inesperadamente de pito. Yo hubiera esperado una voz grave y cazallosa.

—Te puedes alojar en mi alcoba —dice con una mirada sádica que asusta. De pronto me doy cuenta de que está vacilando y digo que sí sin problema. El precio de la habitación es muy asequible.

No tengo necesidad de verla previamente ya que no hay ninguna otra posibilidad de alojamiento en este pueblo, como bien me ha dejado claro. La mera posibilidad de volver a mi domicilio conyugal me produce escalofríos.

La legionaria se aleja hacia lo que debe ser la cocina. Lara me dice en un aparte:

—Estás loca. Imagina lo que te puede hacer.

—Desde que me he separado estoy abierta a todas las posibilidades —contesto alegremente—, vamos al coche a recoger mi maleta mientras nos preparan la comida.

Lara me da las llaves diciéndome:

—Vete tú. Yo te espero aquí.

—Vale, pero no me levantes a la legionaria.

La imagen de mí arrastrando un maletón por la calle a pleno sol en un pueblo vacío debe ser bastante desoladora. Al volver del coche, paso de nuevo delante de la iglesia donde los feriantes siguen montando los andamios. Lo hacen a conciencia, incluso utilizan una plomada para asegurarse de la verticalidad de sus elementos. El sol cae también a plomo y han colocado un botijo para refrescarse en la escasa sombra que dan un montón de puntales.

Vuelvo al bar. Vengo dispuesta a engullir una vez más un plato de trozos de cerdo con pimentón, plato nacional en esta zona, pero el olor me indica otra cosa: huele bien, huele a pisto. ¿Será posible?

Se agradece la oscuridad del bar. El problema de la Tierra de Campos en verano es que no hay nada que filtre el sol, ni un árbol, ni una montaña.

El pisto, con huevo frito está casi bueno. No parece que me vaya a atacar al estómago. Me invade un cierto sopor: la sombra, la comida, el cansancio…

Pedimos café, un café terrible que revuelve las tripas, le pregunto a la legionaria dónde puedo encontrar al párroco.

—¿Don Domingo? Vendrá a cenar aquí esta noche. Se supone que vendrá también el arquitecto de la obra.

Una vez resuelto el problema del alojamiento, y tras una agradable sobremesa en la que nos ponemos al tanto de los chismes del pueblo y de la obra, es hora de volver a la iglesia.

Antes, subo la maleta a la habitación prometida. Efectivamente es una alcoba que tendremos que compartir. Me acompaña la legionaria que me enseña la suite y Lara que observa todo con cara de desagrado. Al fondo está la alcoba con dos camas individuales pegadas y junto a la ventana que da a la calle, un gabinete con una mesa y una silla esenciales. A un lado el baño, completo, incluso con bidet, así son los pueblos. La legionaria, con una flexibilidad que no le suponía, levanta una mesilla, la pone encima de una cama que desplaza con sus rodillas para pegarla a la pared y coloca la mesilla en el hueco que ha quedado entre las dos camas.

—Así tendremos más intimidad —me dice guiñándome un ojo.

No parece una instalación muy lujosa, pero ella me dice que puedo usar, a mi conveniencia, el saloncito delante de la alcoba ya que apenas usa el dormitorio que solo utiliza algunas horas durante la noche porque pasa todo su tiempo en el mesón, que en verano debe estar abierto hasta el amanecer.

—Eso sí, duermo todos los días la siesta en la cama.

Instalo mi ordenador en la mesa desvencijada delante de la ventana y guardo la poca ropa que tengo en un arcón donde hay sitio de sobra.

—Dispongo de una lavadora abajo, te podré lavar la ropa.

A Lara no parece gustarle, pero me da igual, ella no va a usar el cuarto.

La legionaria baja porque ha oído entrar a un cliente y nos quedamos frente a mi ordenador consultando datos acerca de la iglesia y del pueblo.

# 4

Al salir a la calle ya no pega el sol de pleno y ha bajado la temperatura. Incluso se ven algunos habitantes.

El andamio ya está montado y los feriantes han desaparecido.

Como mencioné anteriormente, la iglesia de Santa Eufemia es atípica en esta zona. Incluso su nombre es inusual. En primer lugar, tiene unas dimensiones regias, extrañas en un pueblo tan pequeño. Es de estilo renacentista pero la fachada es neoclásica y sorprende ver que la torre esté separada del templo. Me da la impresión de que hay algo fuera de escala tanto en la iglesia como en la torre.

El pueblo ha tenido siempre devoción a la Virgen del Castillo, preciosa talla románica que se conserva en el interior de la iglesia en el que destacan también el retablo y diversas esculturas y pinturas.

Lara me va contando los detalles de la restauración. El encargado de la misma, Pío García Page es un arquitecto figura, muy bien relacionado y muy ambicioso. Ha planteado, ha impuesto más bien, una restauración integral de la iglesia y de todos sus bienes muebles. Ha conseguido que se contrate a un organero, a unos restauradores de madera para el retablo y las tallas, a un musicólogo, no sabe muy bien para qué y a un equipo para documentar el proceso de restauración con un vídeo…

—Estamos aún pendientes de contratar a un paisajista para acondicionar estos parterres —dice señalando un jardincillo mínimo en el lateral de la iglesia—, es la última petición del arquitecto. No oculta que aspira al premio Europa Nostra y nos da mucha lata. Mañana, por ejemplo, se inaugura oficialmente la restauración y vienen todas las autoridades. Van a colocar una lona delante de los andamios con una foto de la fachada que tapan.

—Un trampantojo, qué divertido —comento.

—Pues nos cuesta un dineral, pero le dicen que sí a todo.

Nos acercamos a la entrada de la iglesia. Está de nuevo cerrada.

—No sé cómo voy a poder trabajar si esto está siempre cerrado.

Aparece un señor gordo con sotana. Debe ser el párroco. La sotana es de una limpieza muy dudosa. Parece un párroco un tanto abandonado a su suerte. Se presenta:

—Buenas tardes, soy el padre Domingo.

Efectivamente es el párroco. Nos explica que debe tener un control muy estricto de quién entra y sale de la iglesia.

—Parte de la techumbre se ha derrumbado y hay peligro.

No entiendo si ese deber impuesto es de origen divino o de origen administrativo. No comento nada para no comenzar con mal pie.

Finalmente se transmuta en San Pedro con las llaves de la iglesia y nos abre la cancela. Hay dos cerrojos y otros dos en la puerta labrada de madera.

El interior es como lo imaginaba, esplendoroso. La riqueza del retablo y de las tallas y cuadros de las distintas capillas es increíble. Me giro hacia el coro y veo un órgano barroco con un mueble policromado que supongo que quedará muy bien una vez restaurado porque está, de momento, destrozado. Don Domingo me deja disfrutar del momento, aunque bien podría encender alguna luz para que se viera mejor. El retablo, por ejemplo, está en penumbra.

Hay un andamio montado bajo el tramo central de la nave, apeando el tramo de cubierta donde debe estar localizado el hundimiento. Parece un hundimiento muy somero.

Quedo muy satisfecha de esta primera aproximación. El arquitecto no es tonto, y ha elegido aquí material para un premio Europa Nostra, si se hace todo lo que ha planteado.

—Con estos mimbres hay para hacer un cesto —le digo a Lara en un ataque de pedantería costumbrista. No puedo evitarlo, hay veces que soy muy redicha.

Sigo paseando lentamente mirando con detenimiento mi próximo tesoro. Lara y el párroco me esperan pacientemente en la puerta. Ellos ya lo dan todo por visto. No quiero hacerles esperar demasiado y dejo el examen detenido del retablo para otro día. De todos modos, la luz es insuficiente.

—Habrá que iluminar esto adecuadamente —le digo al párroco—. Es necesario para trabajar en el interior.

Conviene dejar claro desde el principio a este siervo de la iglesia quién manda aquí. Debe asumir su nueva condición de siervo en la restauración.

Asiente sin poner mucho interés.

—Me voy a cenar, ¿venís? —contesta dejando claro dónde está centrada su predilección.

Cenamos. El arquitecto no aparece. Lara se despide: mañana volverá a la inauguración de la restauración. Por lo visto se va a hacer por todo lo alto. Me voy a la cama que cojo con gusto. Tengo la sensación de mirar hacia el futuro. Ruggeri es un recuerdo lejano, pero imagino que no desaparecerá del todo, no es fácil deshacerse de tu pareja de buenas a primeras, y menos aún de su recuerdo.

Cuando me acuesto, la legionaria no ha subido todavía. Al despertar ya se ha ido a abrir el bar. Esta mujer no duerme nada.

Me sirve el desayuno y me habla de sus tiempos en Melilla y de cómo vino con un legionario originario de este pueblo que compró el bar para un retiro feliz. La ilusión le duró unas pocas semanas ya que murió de un ictus al poco de establecerse. Ella decidió quedarse, más que nada, porque no tenía donde caerse muerta. Algo me dice que se dedicaba a la prostitución, no sé, tiene toda la pinta. Líbreme Dios de juzgar a nadie y menos a mi compañera de habitación que, por otra parte, es muy buena compañera y notable cocinera.

# 5

Hoy es el gran día. Me acerco a la iglesia. Los preparativos para la inauguración están ya en marcha. Los feriantes siguen metidos en faena y están colgando una lona gigantesca en el andamio. La han subido entre varios trabajando de forma coordinada y solidaria. Una vez arriba la fijan en varios puntos y la desenrollan poco a poco hasta que se despliega en todo su esplendor. Es una foto de la fachada muy buena, parece casi real.

Hay un tipo con pinta de moderno de Madrid, que se agita de un lado para otro con una cámara de vídeo. Se me acerca y me pregunta de sopetón, mientras me graba:

—¿Podrías explicar cuál es tu labor aquí?

—Sí puedo, pero no veo el motivo para hacerlo —le contesto— ¿hemos sido presentados?

El lechuguino se queda muy cortado, pero reacciona bien:

—Perdón, estoy documentando esta restauración por encargo del arquitecto Pío García Page. Quiero comenzar con una semblanza de todos los que intervienen en la restauración.

—Ya, para que el espectador se haga una idea de la magnitud de este empeño —le digo sin que note que le estoy tomando el pelo.

—Comienzo de nuevo —dice mientras enchufa otra vez su cámara en principio a mi cara aunque se está deteniendo demasiado tiempo en mi escote, uno más, ¡qué paciencia!—. ¿Podrías explicar cuál es tu labor aquí?

Se lo explico resumido y mientras le contesto, me doy cuenta de lo insignificante que es mi papel en esta obra magna. Al menos he conseguido que no se enfade. Tengo que ir con pies de plomo, está claro que el arquitecto Pío García Page es quien manda aquí y sus subordinados, como este imbécil, le contarán todo lo que vean y oigan.

Me invita a que vayamos juntos a comer y me reprimo justo a tiempo de decir lo que pienso: «Todavía elijo con quien paso el tiempo.»

En vez de ello acepto con una sonrisa. Tengo que velar por mi trabajo ahora que estoy sola en el mundo. De todas maneras, vamos a terminar todos comiendo en el mismo bar. Además, no es cierto que yo elija con quien paso el tiempo. Mi matrimonio recientemente finiquitado es un buen ejemplo de ello. ¡Quince años perdidos!

El moderno pide, en plan enterado, el menú del día. ¡Cómo si hubiera otra cosa! En la espera, no para de hablar, principalmente de su trabajo y de sus talentos, muy numerosos por lo que parece.

Hoy ha hecho bacalao ajoarriero y nos trae dos platos humeantes con muy buen aspecto. Yo no soy nada aficionada a la comida y menos aún a cocinar, pero aprecio mucho comer cosas sanas y no estar todo el día con ardor de estómago. La legionaria es una artista y cuida a su clientela. Yo solo sé hacer lo básico. Con Ruggeri comíamos y cenábamos casi siempre fuera de casa.

Mi acompañante consigue hablar mientras come, lo cual es de muy mala educación. No para nunca. Me parece que voy a reconsiderar lo de tirarme a toda la obra. De momento, este tipo no me apetece nada, no da la talla.

Liquido la comida rápido y voy a saludar al párroco que está en la barra. Le pregunto si está la iglesia abierta, para acceder al interior, pero me dice que no.

—Me dijo el obispo que controlara estrictamente las entradas y salidas del templo —dice— si quieres te acompaño y te abro.

Acepto. Es absurdo que pretendan mantenerla cerrada cuando se va a restaurar.

Nos encaminamos, despacio, al paso del párroco, a la iglesia. Tengo la impresión de que este recorrido y viceversa lo voy a realizar innumerables veces.

Al llegar, veo que ya han terminado de instalar la lona. Los feriantes están recogiendo su material en una furgoneta blanca desvencijada. El que me indicó el bar el primer día se acerca a saludarme, seguramente con algún propósito oculto. No me dejo seducir por su aspecto de amar la libertad por encima de todo. Es el aspecto que tenía Ruggeri, mi ex marido y al final resultó ser un sinvergüenza que me metió en numerosos líos a lo largo de nuestra vida en común. Lo despacho rápidamente y sigo al párroco que se está peleando con las llaves de la iglesia.

Cuando consigue abrir, entramos y veo que cierra con llave detrás de nosotros.

—¿No son demasiadas precauciones? —le pregunto.

Contesta lo que había previsto, achacando a la autoridad tanto celo. En este caso a la autoridad eclesiástica.

Don Domingo es amable y enciende las luces. Es un interior magnífico donde se agradecen las dimensiones colosales que en el exterior tanto contrastan con el tamaño reducido del pueblo. Ahora, perdida esta referencia, su suntuosidad no resulta chocante.

Tiene una nave central de gran altura con bóveda de cañón y multitud de capillas laterales. La nave transversal es reducida y de hecho apenas se percibe en el exterior. Es como si fueran dos capillas más. El crucero se remata con una cúpula y una linterna poligonal que arroja una luz fantasmagórica en el interior.

Me invade una sensación de bienestar y de paz. Finalmente,

pasear sola por la iglesia, me permite tener momentos de ensoñación y descubrir sus tesoros como el cuadro de Berruguete que es una copia de la transfiguración de Rafael.

Voy paseando, haciendo inventario mental de todos los tesoros. Examino con especial detenimiento lo que va a formar parte de mi trabajo:

Las vidrieras, que afortunadamente van a ser restauradas ya que faltan muchos vidrios y hay emplomados sueltos. Al maestro vidriero lo trae el obispo de Palencia. Parece ser que restauró las vidrieras de la catedral de Palencia y quedaron contentos con su trabajo. Alzo la vista para ver el órgano barroco. Las trompetas, que en su versión castellana deben estar rigurosamente ordenadas según su tamaño y ser perpendiculares al mueble, están destrozadas y parecen gusanos flácidos y retorcidos.

La sillería de nogal del coro que, al igual que todas las que hay en las iglesias de Castilla, me desagrada. Quitan pureza a la nave y el color oscuro de la madera no permite apreciar la talla, que a veces es muy refinada aunque apenas se distinga. Yo no la hubiera colocado donde está, pero una vez el hecho consumado, tampoco lo modificaría. En general soy partidaria de dejar todo como está y de intervenir lo mínimo posible.

Siempre he participado en las ideas de John Ruskin, que plantea la conservación de los edificios frente a la reconstrucción. Valoro la historia de los edificios y de quienes los utilizaron y me doy cuenta de que tengo un trabajo arduo por delante para desentrañar la historia de esta iglesia. Me gusta, como a John Ruskin, preservar las ruinas engullidas por la naturaleza como testimonio del paso del tiempo. Lo siento, cuando hablo de mi trabajo, siempre me pongo un poco trascendental y bastante cursi.

Me dirijo al altar para ver el retablo mayor y la talla de la Virgen del Castillo, que es la joya de esta iglesia, pero no me da tiempo de acercarme para disfrutar de su visión. En ese momento entra el párroco y me dice que tengo que salir, que va a comenzar el acto de inauguración de la restauración en la plaza de afuera y que luego la comitiva presidida por el obispo entrará solemnemente en la iglesia.

No entiendo bien lo que es entrar de manera solemne, pero sí entiendo que tengo que salir tras él, quizás de forma informal. El párroco a cargo de controlar las idas y venidas, abre la puerta, salimos y cierra de nuevo. Saca de su faltriquera un manojo de llaves todas iguales y me da una de ellas:

—Toma, para que puedas entrar y salir a tu antojo. Tengo una para cada persona que trabaja en la restauración.

Al salir, el ambiente en el pueblo es muy distinto al que había cuando entré hace un buen rato.

Han montado una tarima debajo de la lona que reproduce la fachada y sobre ella están las autoridades que dicen, por turno y con cierta desgana, unas palabras breves. Cada uno de ellos es ovacionado durante más tiempo de lo que duran sus palabras. El público está formado, a partes iguales, por unos cuantos agricultores, lo que deduzco por su manera de vestir y no porque lleven una azada al hombro, y por gente venida de la ciudad que también distingo porque todos llevan traje y corbata o traje de chaqueta según su sexo. Supongo que forman parte de la comitiva que acaba de llegar, serán los adláteres y periodistas.

Yo me coloco con los del pueblo con los que me siento más identificada.

Reconozco en la tarima al consejero y a su lado a Lara que seguramente tiene el cometido de apuntarle lo que tiene que decir. Cierra el acto el obispo, que claramente es el más importante.

Cuando terminan los discursos, todos se encaminan hacia el templo en orden de importancia. Solo el párroco se salta el orden establecido, ya que debe abrir la puerta de la iglesia. Yo encabezo el grupo de los del pueblo, que ahora tiene la oportunidad de ver la iglesia que ha estado tanto tiempo cerrada. Damos una vuelta de cortesía en el interior y me pregunto si debo hacer de cicerone y explicar a los presentes las joyas de la corona. Pero como no me han dicho nada al respecto, sigo de lejos a la comitiva.

Parece que hay un encargado de hacerlo. Se trata de un hombre alto, pero sin exagerar, que viste una chaqueta cruzada con una corbata discreta. Tiene entradas profundas. En cuestión de pocos años vaticino que será totalmente calvo. Las mejillas le cuelgan lo cual le confiere un aire perruno.

Lara se coloca a mi lado, ya que ahora puede abandonar a su señorito y dejarlo solo en la comitiva. Ahora es a mí a quien le sopla el guion:

—El experto es el arquitecto don Pío García Page.

# 6

Al terminar la visita oficial de la iglesia, le digo a Lara lo que para mí es ahora lo más importante: a qué cuenta debe transferirme los honorarios. Quiero evitar la cuenta común con Ruggeri. Ella lo entiende perfectamente.

Precisamente, en ese momento se nos acerca el arquitecto. Nos interrumpe como si fuera lo más natural. Debe ser ese tipo de persona que piensa que todo el mundo está a su servicio. Destila soberbia por todos sus poros. Antes de hablar se santigua como solo lo hace alguien de misa diaria.

—¿Cristina? Me alegro de conocerte soy Pío García Page, el arquitecto de esta restauración.

El cámara de video sigue tras él, grabándolo, y ya de paso a mí. Me da la mano con mucha ceremonia cogiéndome la derecha entre sus dos manos. Aprieta de forma considerable y tarda demasiado tiempo en soltarla.

De pronto se interrumpe y se acerca a hablar con el cámara. Parece que le preocupan mucho los planos donde pueda salir él en la grabación. Los acólitos le aseguran que tienen muy claro que en la filmación se va a destacar la importancia que tiene el arquitecto en la obra.

Es evidente que no se alegra de conocerme, parece que le tiene sin cuidado mi presencia. Desde la última vez que vi a mi ex pareja, nadie me había mirado con tanto desinterés.

Aprovecho para pedirle los planos del levantamiento de la iglesia ya que me pueden facilitar mucho la labor de control. Me contesta distraído:

—Sí claro, en cuanto pueda te los envío. Se le olvida pedir mi dirección de correo, pero se la escribo y se la doy por iniciativa propia. Coge el papel y se lo mete en el bolsillo. Algo me dice que aún tendré que insistir mucho.

—Tenemos que conseguir el premio Europa Nostra. Esto debe ser un trabajo en equipo —me dice iluminado— Castilla y León se lo merecen.

Dice Castilla y León, pero seguro que piensa que el que se lo merece es él.

—Yo me encargo del continente por entero. De los bienes inmuebles —me aclara como si fuera idiota—. Tú puedes supervisar el contenido, los bienes muebles, en fin, las artes aplicadas —dice con desdeño por las artes menores.

—¿Del vídeo también? Yo creo que es un arte aplicada.

—No, de eso me encargo yo, faltaría más.

Creo que ha detectado falta de clase en mi persona y presiento que me va a ignorar. Como estoy ya un poco harta de conocer lechuguinos de la restauración, decido irme sin conocer a más gente, ya sean de bienes muebles o inmuebles. Tiempo tendré para ello. En vez de quedarme, salgo huyendo de la parte más importante del acto: El vino español.

Me refugio en el bar de la legionaria e intento pedir un vermut. La barra está tomada por los feriantes poniéndose ciegos a copas. Celebran que ya han terminado aquí. Yo no celebro nada. Me fijo en el tipo con el que hablé el primer día para preguntarle por el bar del pueblo. Es el único que no parece bebido, debe de darle a las pastillas. Instintivamente me acerco a él buscando, ¿quién sabe?, cobijo o simplemente llegar a la barra.

Entiende mi lenguaje corporal a la primera y me rodea la cintura con su brazo afirmando, más que preguntando:

—¿Subimos arriba?

No sé cómo demonios sabe que me alojo aquí, pero lo sabe. Digo que sí, a ver si me cambian las ideas. Es alto y musculoso y le asoman los tatuajes por todos lados. Al llegar a mi habitación compartida hace un gesto de extrañeza. Me pregunta si se puede duchar. Le indico la ducha y al cabo de un rato me desnudo y me reúno con él bajo el chorro del grifo. Tiene un cuerpo atractivo, me recuerda a los modelos de Caravaggio.

Aprovecho que está tan aseado para darle un repaso completo. Me gusta su cuerpo. Él me acaricia con firmeza, casi rozando la brusquedad. Me recuerda un poco a Ruggeri. Cuando me está secando, me dice:

—Me gustan tus tetas grandes y un poco caídas.

No parece un comentario muy halagador y se debe reflejar en mi cara. Entonces aclara:

—No soporto los pechos enhiestos que parece que salen del quirófano. Lo suyo es que tengan una suave caída.

Estoy algo distraída ya que llevo un día infernal, pero debo decir que se emplea a fondo y el resultado es satisfactorio. Le regalo unos gemidos orgásmicos quizás algo exagerados, solo algo, pero sé que esto siempre gusta.

—Yo prefiero dar que recibir —le aclaro, sin que venga a cuento.

Una vez terminado el asunto, procuro evitar el momento post coito en mi cama. Me levanto con la esperanza de que haga lo mismo. Lo entiende al instante, lo cual dice mucho a su favor, y me pregunta:

—¿Tienes champú? me gustaría lavarme el pelo.

Se lo doy. A saber cuándo pillará de nuevo una ducha. Supongo que los feriantes duermen en su furgoneta.

Bajamos al bar y él se va enseguida con sus colegas. Ni siquiera parece deseoso de jactarse de su conquista. Lo dicho, un buen chaval.

Me abren hueco en la barra para que pueda pedir el vermut a la legionaria. Le pregunto si le molesta que suba gente al cuarto.

—Todas tenemos nuestras necesidades. Hazlo con discreción y procura que no pasen la noche. Seríamos demasiados. A cambio, te pido lo mismo cuando yo tenga que hacerlo.

¿Quién demonios puede irse a la cama con ella? ¿El párroco?

Los días siguientes me quedo en mi despacho del gabinete que tengo el usufructo. Organizo todas las plantillas para los pagos y las certificaciones de obra realizada. Ya tengo un listado de gente por conocer.

Menos mal que me he podido instalar en este pequeño lugar de trabajo desde cuya ventana veo el horizonte infinito de la Tierra de Campos. Me ayuda a relativizar todo.

Me estremezco al pensar que hubiera tenido que acomodarme en una mesa del bar con mi ordenador para trabajar, soportando las miradas de los viejos con boina que frecuentan el local y el ruido irritante de las fichas de dominó golpeando la mesa.

Aprovecho para poner al día mis asuntos. Tengo unos cuantos correos de Ruggeri que, como bien había vaticinado Lara, no parece haberse enterado de que lo he dejado. Se ha convertido en un tipo pegajoso y llorica y decido no contestarle. No quiero perder el tiempo manteniendo una correspondencia eterna que ya no tiene ningún sentido.

Me doy cuenta, ahora, de que no tenemos nada en común. Somos una antítesis de manual. Él es un pesado y yo ligera y chispeante, él torpe, yo flexible. Él obtuso, yo llameante. Él amorfo, yo vehemente, él indeciso, yo decidida y muchas veces demasiado rápida, él es de lenta reflexión, yo soy espontanea, él no. Él creyente y respetuoso con las normas de tráfico, yo, siempre que puedo, me pongo el mundo por montera. Él es modesto y discreto, yo coqueta y llamativa, él puntilloso y yo distraída. La lista podría ser infinita. Incluso físicamente no tenemos nada que ver. Él es alto y delgado y tiene el pelo castaño. Se le podría confundir con un alemán. Yo soy bajita y con tendencia a engordar y mi pelo es negro azabache. A mí se me podría confundir con una gitana.

Me estoy dejando llevar por el ensoñamiento, que a nada lleva, debo volver a la realidad. Eso hago y para que Ruggeri constate por sí mismo cuál es su verdadera situación, vacío la cuenta que tenemos en común destinada a los gastos de la casa, e ingreso la suma, que desgraciadamente no es considerable, en la mía exclusiva. En definitiva, es él quién está disfrutando de lo que fue nuestro hogar. Espero que entienda el mensaje.

Dejo para más adelante el espinoso tema de la casa porque no me siento con fuerzas para discutir. Está registrada a su nombre, pero hemos pagado a medias todas las cuotas de la hipoteca. No tiene sentido lamentarme de mi estupidez. De momento sigo aquí, en Autillo, en la pensión, mientras la Consejería de Cultura me pague los gastos de alojamiento y comida. El coche lo doy por perdido, siempre he sido muy realista.

En un momento dado sube la legionaria y me pide discretamente que desaloje por un momento:

—No va a ser mucho tiempo. Esto lo liquido enseguida.

Aprovecho para ir a medir la superficie del andamio. Lo necesito para la primera orden de pago de la obra.

Al salir, miro hacia la barra para ver al afortunado que la legionaria va a subir a su cama. Solo hay un anciano con boina. Me parece que ella sigue dedicándose a la prostitución.

La iglesia está mucho más concurrida. En los pocos días que he pasado en la oficina del gabinete, se ha animado el pueblo. Es verdad que estamos en un periodo de vacaciones estivales y que por esta época viene gente al pueblo.

—Los que se fueron —como dice la legionaria.

Frente a la iglesia hay corrillos de gente comentando, seguramente el transcurso de las obras y quién entra y sale. Los chicos del pueblo juegan al futbol utilizando la verja de la portada como portería.

En el exterior hay albañiles trasegando materiales en el andamio. Estos no son de mi negociado y me dirijo directamente al interior.

La puerta está de nuevo cerrada. Es increíble. ¡Menos mal que tengo la llave!

El contraste de pasar de la luz cegadora de un mediodía de verano a la penumbra del interior de la iglesia, protegida por muros de espesor infinito, es brutal. La economía de la luz impuesta por el párroco, no ayuda.

Espero unos instantes, sin moverme, sin enfocar la vista, hasta que me adapto al cambio de luminosidad.

Dentro también hay actividad. Están trabajando en la zona de cubierta que se ha hundido desde el andamio situado en el interior de la nave. En el coro están desmontando la tubería del órgano y se apilan los tubos frente a la puerta en el interior de la iglesia, probablemente para sacarlos todos a la vez.

Desciende desde el coro el que debe ser el organero. Gustavo, según mi ficha de pago. Es un tipo delgado, muy delgado y con gafas de montura invisible. No parece estar de muy buen talante y decido dejar las presentaciones para otro día. El motivo de su enfado parece que es la disciplina de puertas cerradas que ha impuesto el párroco.

Abre la puerta con su llave y la deja ostensiblemente abierta calándola con una cuña de madera, en franco desafío a don Domingo, que de momento no está. Llama a los chicos que están jugando al futbol:

—Podéis pasar, os enseño el órgano.

Los chavales vienen corriendo y en pocos minutos, Gustavo los ha organizado para que le ayuden en su trabajo. Bajan los tubos y los apilan en la furgoneta del organero que ha situado frente a la puerta. Parecen hormigas laboriosas.

Llega el párroco y se rompe la paz. Ve la puerta abierta y comienza a protestar de manera insistente. Cuando ve a los chicos bajar con el material, se sulfura y sube al coro indignado. Se oyen gritos. Proceden de don Domingo que lanza un montón de invectivas contra el organero, y de éste que no se deja achantar. Bajan al cabo de un rato. Gustavo está fumando y el párroco se lo reprocha.

—Fumo donde quiero. Esto ahora, además de su iglesia, es mi lugar de trabajo.

Me separo de ellos, no quiero estar presente durante su discusión. El párroco es un pesado con sus exigencias de cerrar siempre la puerta, así no se puede trabajar. Tampoco ayuda el tono bronco y provocativo de Gustavo el organero. ¡Allá se las entiendan!

Me alejo acercándome a la zona del altar. Aquí parece que también hay actividad. Han puesto una mesa sobre caballetes delante del retablo y tres chicas se afanan en desmontar las estatuas para depositarlas en la mesa. Han colocado varios baúles en el suelo con lo que, supongo, serán sus útiles de restauración.

El retablo mayor apenas cabe en el hueco que tiene asignado. Desborda por todos los lados. Es demasiado grande y macizo. Sin ser de Berruguete, presenta una buena factura y es italianizante. Tiene una arquitectura interesante y contiene muchas esculturas. Busco con la mirada la Virgen del Castillo, que es la joya de esta iglesia, pero me distrae la llegada de las restauradoras. Las tres me sonríen a la vez, parecen muy agradables.

—Somos las tres Marías —dicen— así nos llaman, pero en realidad ninguna nos llamamos María.

—Yo soy Belén —dice la que lleva la voz cantante.

—Y yo Laura.

—Y yo Cristina —remata la que es rubia.

—Como yo —digo con alegría, y les explico cuál es mi cometido en esta restauración.

—Soy vuestra interlocutora con la administración y pienso estar por aquí la mayor parte del tiempo.

Hablamos amigablemente mientras ellas siguen desplazando figuras del retablo.

En muy poco tiempo hablamos de muchas cosas.

Resulta que las tres son de Fuenlabrada y están contrastadas en el taller de un escultor famoso de Palencia. Es el primer trabajo en el que ha delegado toda la responsabilidad en ellas y están muy orgullosas de su cometido. Me parecen muy competentes y minuciosas, aunque esta impresión favorable viene dada seguramente porque me han resultado muy simpáticas.

Busco de nuevo la talla de la Virgen del Castillo, que está medio escondida. Debiera tener una posición preponderante en el retablo y no tiene sentido asignarle una esquina oscura.

Lo comento y las tres Marías están de acuerdo.

—Vamos a poner la talla en la mesa —dice Laura—. Ayúdanos por favor.

—Luego vemos dónde se puede colocar dentro del retablo —dice Cristina.

—Seguramente su lugar sea la hornacina central —dice Belén.

Estas chicas hablan como los sobrinos del pato Donald y no puedo evitar decírselo.

Se lo toman a broma.

—Sí, es verdad. Estamos juntas desde que iniciamos los estudios y hasta hoy.

—Ellas dos tienen novios asturianos —dice Laura tronchada de risa—. Yo voy a ver si encuentro uno, asturiano, por supuesto.

—En este pueblo, lo veo difícil.

Pasamos a mover la talla entre las cuatro, pesa mucho, demasiado por la experiencia que tengo.

Lo corrobora Cristina:

—Esta escultura pesa mucho, no me lo esperaba.

—A veces se cargan con metal en la base, para que no vuelquen. Vamos a comprobarlo.

La colocamos en la mesa y la miro de cerca. Hay algo extraño. Generalmente las tallas románicas de la Virgen y el niño dan unas ganas tremendas de tener hijos. Esta en cambio, no transmite ninguna emoción. Lo achaco a mi reciente separación, no debo estar receptiva a este tipo de estímulos.

La volcamos sobre una manta que coloca Laura en el tablero. Miramos el fondo y no hay ningún hueco relleno de metal. Es todo madera de color oscuro. Me acerco hasta que mi nariz casi choca con el pedestal.

—Un momento, esta madera parece teca —digo excitada.

Se acercan las tres y confirman mis palabras:

—En el taller tenemos mucha teca, se utiliza mucho en la escultura.

—Por eso pesa tanto, es una madera muy densa.

—Claro, es muy buena, pero en el siglo trece no había teca en España.

—Es verdad —me dicen adoptando un aire preocupado.

Las Marías extraen un trozo de madera de la base para confirmar que es teca. También rascan un poco los pigmentos utilizados en la pintura para analizarlos y ver su origen.

Todo indica que es una falsificación y queda explicado por qué no me transmite ninguna emoción.

Lo confirmaremos cuando se analice el origen de los pigmentos, pero la talla es falsa, la teca no ofrece dudas. Les digo que no comenten nada y que sigan restaurando otras partes del retablo.

—Voy a consultar con la autoridad en Valladolid, a ver qué hay que hacer en estos casos. Nunca me había ocurrido antes.

Las chicas siguen como si nada con otras estatuas del retablo dejando apartada a la Virgen del Castillo.

Cierro la puerta con llave al salir de la iglesia, aunque tengo la impresión de que los sistemas de control y precaución del párroco no han evitado el robo de la talla principal de la iglesia.

Me voy excitada a consultar en el ordenador información sobre las falsificaciones de las tallas románicas. Parece que es más habitual de lo que se hubiera podido suponer. Dejo un recado a Lara en el contestador de la Consejería contándole lo que he descubierto y pido instrucciones.

Ya no puedo hacer mucho más y bajo a cenar algo. Como estoy bastante inquieta por el asunto, salgo a dar una vuelta por el camino del cementerio que es el más indicado para los paseos vespertinos. Me doy cuenta de que mi reacción ante el descubrimiento de la falsificación ha sido huir, como si yo fuera la culpable.

# 7

Al día siguiente me llama Lara. Se muestra muy extrañada por mi descubrimiento y me dice que ha consultado con el Consejero que le ha dicho que me ponga en contacto con el obispo en la catedral de Palencia.

—¿Cómo puedo ir a Palencia? —pregunto a la legionaria.

—Espera a que pase el panadero que te podrá llevar en su ronda por los pueblos.

Efectivamente, el panadero dice que me lleva. Parece encantado de tener compañía.

Tardamos una barbaridad en llegar a Palencia. Se va deteniendo en multitud de pueblos y aldeas y charla con la gente sin dar muestras de tener ninguna prisa. Creo que me exhibe como si fuera una pieza cobrada. Yo le dejo hacer, de alguna manera pago así sus servicios de taxi.

Me cuenta la historia y cotilleos de cada pueblo por el que pasamos. Aquí cruza el canal de Castilla y van a poner un restaurante de lujo, en este pueblo se instaló un organista francés y ha creado una Academia de Órgano:

—Creo que ha hecho mucho por la restauración de los órganos en Tierra de Campos. Ahora todos los pueblos quieren tener su órgano restaurado y durante las fiestas, que son todas en agosto, no se encuentran organistas para tocarlos.

Braulio, que así se llama el panadero, me pregunta donde quiero bajarme.

—En la catedral, he quedado con el obispo —digo, sabiendo que no se lo va a creer.

Paso por las oficinas del episcopado y anuncio, ya con más humildad de la que mostré con el panadero, que el obispo me ha convocado.

Me hacen esperar una eternidad en un banco de madera en la galería del claustro. El tiempo es diferente en la iglesia y la puntualidad, por lo visto, es sobrenatural.

El obispo llega de pronto como surgido de los cielos. Me dice, sin detenerse:

—Ven sígueme.

Y se lanza a dar vueltas alrededor del claustro a una velocidad que apenas puedo seguir. Tengo que dar saltitos para seguir su ritmo ya que mis pasos apresurados no son suficientes. El resultado es ridículo.

Después de cada vuelta completa, se para un poco y me espera con gesto displicente pero no dice nada. La verdad es que no me espera del todo, cuando voy a alcanzarlo, arranca de nuevo y volvemos a estar en las mismas.

El caso es que el obispo desarrolla una velocidad supersónica al andar y además a la vez lee un libro que lleva en las manos.

En la séptima vuelta tiene a bien abrir la boca para decir lo siguiente:

—Enseguida estoy contigo, debo terminar de leer este texto. Tengo que llegar al salmo número quince del Antiguo Testamento.

En la vuelta duodécima, me dirige la palabra de nuevo:

—Hay más enseñanzas en el Antiguo que en el Nuevo Testamento, que es el que todos conocéis.

Parece que en esta vuelta ha terminado sus salmos y se decide a conversar conmigo. Me dice de sopetón:

—Tienes que encargarte de investigar quién ha podido

robar y sustituir la talla de la Virgen. Forzosamente ocurrió en los días previos a la inauguración en que se abrió la iglesia, aunque siempre estuvo controlada por el párroco siguiendo mis indicaciones. Sé que dio una llave a cada uno de los equipos que intervienen en la obra, ahí es donde debemos buscar. Antes de la restauración no se abría la iglesia a nadie. Incluso no se sacaba ya la imagen de la Virgen y el Niño en la procesión a la ermita en agosto —me dice— hubo muchas quejas en el pueblo porque son muy devotos de ella, pero se impuso la seguridad.

—Tuvo que haber sido planeado mucho antes, para que tuvieran tiempo de hacer una réplica —le hago notar—. ¿Por qué no investigamos quién ha podido hacerla? Quizás nos lleve al ladrón.

—Hay mucha gente capaz de hacerlo, ¿te pareció una copia fiel?

—No está mal hecha, pero se nota que es la original.

El obispo me sigue llevando a gran velocidad mientras sigue dando vueltas al claustro.

—Vamos a centrarnos en los que han tenido acceso a la iglesia. Yo te daré todos los datos de cada persona y tú investigas su actividad reciente.

—¿Por qué yo? No soy investigadora y no creo que sea la más adecuada para este trabajo. ¿No sería mejor avisar a la policía? Seguro que hay una brigada especializada en el robo en iglesias románicas —me atrevo a añadir.

—No la hay y quiero la máxima discreción. Imagínate que se descubra la verdad, nos hundiría y la restauración tan ambiciosa que se ha planteado sería inviable. Mira —dice parándose un momento en el camino que va del claustro al jardín—, vamos junto al árbol y vemos el cielo, nos ayudará en este trabajo que vas a hacer. Sabré recompensarte.

Esta última frase me quita de raíz todas las dudas que tenía y comienzo a pensar que soy la persona adecuada. Estoy en la mejor posición para saber qué hacen los diferentes equipos y además, no me moveré de allí en unos meses.

El obispo, por fin, ha parado de dar vueltas al claustro. Por un momento pienso que va a seguir dando vueltas al pozo, pero se ha tranquilizado.

Se apoya en el brocal, descansando y sigue hablando:

—El musicólogo Alejandro Moltó, menudo elemento —me dice para comenzar— debes saber que se dice que trabajaba para Eric el belga…

—¿Eric el belga?

—Habrás oído hablar de él. Fue uno de los mayores depredadores del patrimonio artístico español.

Efectivamente, ¿quién no ha oído hablar de él? Es un anticuario belga que se mudó a España y tenía un grupo especializado en robar todo tipo de objetos de arte en pequeñas iglesias desprotegidas. Tenía gente contratada para los robos, asesores que le indicaban las piezas más valiosas y su localización y él era el encargado de dar salida al material robado.

—Pudiera ser que don Alejandro fuera uno de sus asesores culturales —insinúa el obispo— eso se dice, pero no hay ninguna prueba.

—Eso fue hace mucho tiempo. Eric el belga —dije para demostrar que estaba al tanto de las noticias—, devolvió la mayor parte del material robado y pactó una pena mínima. Creo que ahora vive retirado en la Costa del Sol, tan ricamente.

—No tanto tiempo, no tanto tiempo —dice el obispo con maldad— ¿no crees que es suficiente para investigar sus pasos? Eso es lo que vas a hacer.

Sigue detallando aspectos de la vida del musicólogo sin ninguna piedad. Me dice que siempre ha trabajado en el mundo de la música y que últimamente se ha volcado en la música de órgano, tan propia de las iglesias.

—¿Y sabes por qué? Porque su máxima aspiración es ser académico de las artes, y el actual presidente de la Academia es un musicólogo. Ya sabes, los nobles adoran los títulos, nada les parece suficiente. Pero tiene un historial que limpiar. El año pasado estaba propuesto para los premios Goya de música para películas, pero finalmente, cuando creía que lo tenía todo atado, lo rechazaron, precisamente por su falta de honradez.

Me atrevo a preguntar por los motivos que han tenido para contratarle para la restauración de la iglesia de Autillo.

—Lo hemos contratado por sus contactos, por su capacidad para sacar adelante un proyecto. Domina los medios de difusión —cambia de pronto de tema—, no lo olvides, busca, sigue sus pasos. Te recomiendo que, si puedes, te pongas en contacto con la Academia de Cine, ellos debieron investigarlo y curiosamente, no le dieron el premio que se daba por seguro.

Bruscamente se endereza alejándose de su apoyo en el pozo y reanuda su maratón alrededor del claustro. Esta vez cambia de sentido: sigue las agujas del reloj.

Me empieza a fastidiar con tanto correteo y decido esperar a que pase una vuelta y despedirme de una vez. Tengo la impresión que ya me ha dicho todo lo que me tenía que decir.

Cuando vuelve a pasar, duda si detenerse, pero finalmente lo hace:

—Tú eres una rebelde. A ver si muestras este carácter en tu investigación. Vuelve la semana que viene el mismo día a la misma hora.

Y sigue girando como un loco alrededor del claustro. Saca de su bolsillo el Antiguo Testamento para amenizar la maratón con su lectura.

# 8

Alejandro Moltó fue hijo único. Sus padres y sus abuelos, por ambas ramas, también lo fueron. Se puede decir que formaban una dinastía de hijos únicos, o cuanto menos escueta.

Esta circunstancia le llevó a tener una infancia muy disciplinada y muy completa en lo que se refiere a su educación. Pronto supo detectar quién, como él, era capaz de pasar mucho tiempo a solas. Una vez localizados, huía de ellos como de la peste, prefería la compañía de gente menos reservada.

Solo su abuela paterna trató de escapar de esa ley familiar no escrita, y tuvo tres hijos, pero dos murieron siendo niños en circunstancias inexplicables. Pensó que era un castigo divino por no acatar el mandato familiar y abandonó enseguida sus veleidades de seguir un criterio propio.

Su padre, el que sobrevivió a sus dos hermanos, fue un industrial catalán. Tenía una fábrica de tejidos. Se pasaba la vida trabajando y el poco tiempo que tenía libre lo utilizaba en pleitear con las autoridades cubanas para conseguir la devolución de una mansión en La Habana y unas fincas que habían sido expropiadas a su familia. No consiguió llevar a cabo ninguna de sus metas en la vida. Evidentemente, el gobierno cubano no devolvió nada a su familia y la empresa de telas quebró cuando aparecieron nuevas tecnologías en los telares.

No supieron adaptarse a los nuevos tiempos. Alejandro, no veía casi nunca a su padre y se prometió que triunfaría en la vida, fuera como fuera.

Su madre era de ascendencia rusa. Emparentada con la aristocracia que emigró a Europa con la revolución bolchevique, se decía prima lejana de Prokofiev y contaba cómo frecuentaba los salones de su casa en Madrid en la calle Bárbara de Braganza.

No era una mujer afectuosa, pero proporcionó a su hijo Alejandro todos los medios posibles para tener una educación esmerada que incluyeron un pensionado muy elegante en el país de Gales. Allí estableció muchos contactos que le fueron muy útiles en su vida posterior, pero acrecentaron su sensación de abandono.

Atendiendo a sus orígenes, su madre hizo especial hincapié en su educación musical. Terminó el conservatorio a una edad temprana y se especializó en dirección de orquesta. Con el tiempo descubrió que, a pesar de su inmensa cultura musical, no tenía talento. En el fondo era muy indolente y no podía sujetarse a la necesaria disciplina que requiere la música.

Tuvo unos años vacilantes en los que no supo qué hacer con su vida. Acumuló una deuda importante en los casinos de Europa. Fue la época en que conoció a Brigitte, su mujer, que era un calco de su madre. Provenía de una familia belga con ínfulas aristocráticas que estaban permanentemente de viaje. Ella, que conocía a tanta gente que había descarrilado en la vida y solo el juego mantenía en pie, puso fin a sus caprichos y le orientó en una nueva dirección. Alejandro supo reencontrarse con la música y desplegar su enorme cultura musical, además de conseguir ganarse la vida con ello. Se dedicó, un poco por casualidad, a componer música para películas. Nunca obtuvo la aprobación de su madre, que para él era importante porque ella representaba el canon clásico y la armonía. Esto le hizo sentirse incómodo con su actividad hasta perder interés en su trabajo y acabar haciendo versiones de temas conocidos, quitándoles o cambiando las notas mínimas para que aquello no fuera catalogado como plagio.

—Alejandro, queremos «Las cuatro estaciones» de Vivaldi en esta escena, ¿puedes apañarlo? —A él le desesperaba la burricie de la gente del cine:

—«Las cuatro estaciones» son cuatro, como indica su nombre, y cada una de ellas tiene sus respectivos movimientos. Tendrás que elegir algún movimiento de alguna de las estaciones que te ayude a recordar: primavera, verano, otoño e invierno.

Tenía siempre un aire altanero y una actitud displicente con la gente del cine, los titiriteros, como los llamaba, y eso no le granjeaba demasiadas simpatías.

—Os recomiendo buscar una composición de Vivaldi que no sean «Las cuatro estaciones». Es demasiado obvio. Nos van a demandar hasta los supermercados. Os puedo buscar un concierto para laúd y hacer una adaptación para orquesta. Tendréis que decirme qué sentimiento queréis subrayar.

Como el director de la película no le contestaba, intentó ayudarle:

—Tristeza, desesperación, júbilo, resignación, remordimiento…

—Vale, vale ya lo he entendido. Debe ser un pasaje alegre.

El mundo del cine se vengó de su suficiencia, hurtándole el premio Goya a la mejor banda sonora de una película para la que estaba propuesto y que creía que merecía con creces. Abandonó entonces esta actividad para centrarse en el patrimonio histórico español y en la música barroca castellana. Se estableció en Castilla y León, Castilla la Vieja, como gustaba decir, y extendió su influencia en el mundillo cultural de la región sin ninguna dificultad. Trabajaba sobre barbecho. Brigitte le ayudaba especializándose en la repostería y eran conocidos por llevar, siempre que les invitaban a cenar, unos pasteles deliciosos que, y esto poca gente lo sabía, a veces cobraban al anfitrión. Alejandro siempre recogía los envases en que habían traído las tartas con la misma frase:

—Me los llevo, total a vosotros no os hacen falta para nada.

Alejandro siempre iba con su mujer, no se separaban un ápice. Los acompañaba su hijo Alex, que también estaba destinado a ser hijo único y tener una educación esmerada pero su padre se juró no dejarlo nunca solo.

Alejandro estaba empeñado en formar parte de la Real Academia de San Fernando e hizo todo lo posible por conseguirlo. Pensaba que sus méritos intelectuales debían ser reconocidos. El presidente de la institución era un musicólogo que había tocado el órgano como aficionado. Esto llevó a Alejandro a interesarse por el mundo del órgano y se convirtió en un experto en localizar partituras originales del barroco español. Su idea era la de conectar con el presidente de la Real Academia de San Fernando.

De esta manera llegó a la restauración de la iglesia de Santa Eufemia en Autillo, como especialista en bienes muebles y factótum de la restauración del órgano.

# 9

Ya en la calle, me pregunto cómo demonios voy a hacer para volver a mi pueblo ya que no hay autobús. Veo a lo lejos una oficina de turismo y encamino mis pasos hacia allí. Siempre me han gustado las oficinas de turismo. Hay gente muy acogedora y te regalan todo tipo de mapas y folletos. La información es poder, que diría Pío García Page.

Me atiende una joven amabilísima. Cuando le pregunto por la posibilidad de desplazarme a mi pueblo y a otros más del camino de Santiago, donde pienso comenzar mi investigación sobre don Alejandro, me dice que hace unas horas que le han pedido alguien que tenga carnet de conducir y disponibilidad de tiempo para llevar mochilas de peregrinos en furgoneta de una localización a otra. Me da el teléfono y llamo desde la propia oficina de turismo. Cierro el trato enseguida. Me pagan una miseria, pero dispongo de una furgoneta y de tiempo para fisgonear en las iglesias que hay en el camino y recabar información sobre don Alejandro, además, ¡siempre he tenido ilusión por conducir una furgoneta!

Voy a la agencia de viajes que organiza este servicio y relleno un montón de papeles hasta que por fin me dan las llaves y el itinerario a seguir la próxima semana.

—La semana que viene te daremos un nuevo itinerario,

siempre y cuando no haya habido problemas hasta entonces —me dice el chico de la agencia que parece un poco ausente.

—¿Por qué iba a haberlos? —contesto muy segura.

Cuando veo la furgoneta me veo obligada a cambiar de opinión. Es una DKW muy antigua, casi un modelo de anticuario. Ya solo las usan los vendedores ambulantes. Mis conocimientos de mecánica son nulos y esta antigualla parece que me puede dejar tirada en cualquier momento.

El chico ve que tuerzo el gesto y dice caritativo:

—Voy a intentar conseguirte un modelo mejor para la semana que viene.

Subo y el optimismo me invade de nuevo. El motor arranca a la primera. Hace mucho ruido, lo que, unido a mi altura con respecto a los otros coches, me proporciona un aire de superioridad que me hace sentirme eufórica con respecto al resultado de la encuesta que me ha encargado el obispo. Este don Alejandro tiene todas las papeletas para ser el que ha sustituido la talla de la Virgen. ¡Menudo historial delictivo tiene!

Salgo de Palencia y circulo por carreteras comarcales en las que mi furgoneta color caqui deslavado por el tiempo se funde con el paisaje de los campos de trigo recientemente segados. Paro en el arcén y llamo a Lara para informarle excitada de mi entrevista y de mi nuevo encargo.

Vuelvo a mi pueblo donde ceno unos huevos fritos que me pone la legionaria con mucho cariño y algo de panceta.

Al día siguiente salgo muy temprano para recoger en diferentes albergues y pensiones de Frómista, inicio de esa etapa del Camino, el equipaje de los peregrinos que han contratado el servicio. Se hace todo muy rápido ya que hace tiempo que estos establecimientos proporcionan esta prestación y me dan, sin demora alguna, las mochilas aparcadas en recepción. Debo entregarlas en Carrión de los Condes, final de la etapa, antes de que lleguen los peregrinos.

Me da tiempo de parar en uno de los pueblos por los que

paso para intentar hablar con el párroco de la iglesia y ver si sabe algo de don Alejandro Moltó. Localizo fácilmente la iglesia principal del pueblo, pero tengo mala suerte ya que el párroco no está en ese momento y no me puedo arriesgar a esperarlo, no vaya a ser que llegue demasiado tarde a Carrión de los Condes. Decido seguir mi ruta y si acaso, una vez entregado el equipaje, volver a pasar por los pueblos que jalonan el camino y parar en las iglesias para investigar el paso del musicólogo al frente de su banda de malhechores.

Así lo hago y el resultado es descorazonador. Paro en todos los pueblos intentando seguir su pista por el Camino de Santiago, ya que allí se localizan la mayor parte de los robos atribuidos a Eric el belga. El resultado de mis pesquisas no invita al optimismo: o bien no encuentro al párroco o cuando lo encuentro, no sabe nada del posible paso de don Alejandro Moltó. Nadie suelta prenda de su posible presencia. Los párrocos castellanos son muy sobrios y reservados.

Tengo una intuición al pasar por Revenga de Campos que es mi última oportunidad en esta etapa del Camino. Estamos ya muy cerca de Frómista. Se trata de un lugar muy apartado y a salvo de posibles controles e investigaciones. Paro mi ruidosa furgoneta delante de la iglesia y pregunto a una vecina por el párroco.

—Debe de estar aún en la sacristía, la misa acaba de terminar.

Me precipito a la entrada que está abierta, pienso que ésta encaja en el patrón seguido por los ladrones: iglesia poco conocida y que, seguramente, alberga piezas notables. Entro y curioseo. No hay nada notable, si acaso unos cuadros que de puro sucios hacen que me surja la duda: quizás debajo de la mugre se esconda una obra notable.

Se acerca un párroco anciano, muy anciano. Esta vez me dejo de circunloquios, ya que no me han dado ningún resultado en las anteriores parroquias que he visitado y pregunto directamente:

—Hola, me preguntaba si ha conocido usted a don Alejandro Moltó.

Una lucecita se enciende en la mirada apagada del párroco, pero enseguida se vuelve a apagar y contesta con desgana:

—No, no me suena.

Me resulta evidente que lo ha conocido, pero no quiere admitirlo.

Me invento una historia rocambolesca para ver si despierto un pecado muy habitual entre los párrocos: la avaricia.

Le cuento que trabajo para la Consejería de Cultura y que estamos rastreando aquellas iglesias que necesitan arreglos urgentes o que tengan material artístico de calidad que requieran una restauración. Hablo en plural para darle un carácter más oficial a mis indagaciones.

—Trabajamos con los informes que don Alejandro Moltó nos hizo en su día para buscar posibles beneficiarios.

De pronto, la luz vuelve a la mirada del párroco y recuerda sorprendentemente el paso de don Alejandro hace ya algunos años. Ha recobrado la memoria. Me dice que mostró mucho interés por la pila bautismal. La tengo delante de mis ojos y ni siquiera se puede decir que sea una mala copia. Carece del más mínimo valor. Me cuenta cómo al final desistió de llevársela porque no tenía suficiente dinero para pagarla y prometió volver otro día. A última hora cambió de opinión y se interesó por una talla que, según él tenía poco valor, pero que le venía bien porque tenía en su casa una parecida y así hacían pareja, como los candelabros.

—Le pagó en billetes, supongo —le digo sabiendo que la manera más fácil de despertar la codicia es mostrar un fajo de billetes—. ¿Cuánto le pagó?

Nada más preguntarle, sé que no me lo va a decir, debe ser una cantidad pequeña y ahora teme reconocer que quizás haya sido engañado.

—Las cosas valen lo que te dan por ellas, y tú también —contesta agresivamente.

Reprimo mi deseo de soltarle una fresca y me voy sin despedirme.

Por lo menos he descubierto el paso de don Alejandro y sus tácticas arteras para hacerse con piezas a bajo precio, pero esto no demuestra nada que pueda conectarle con la sustitución de la talla de la iglesia de Santa Eufemia.

Seguiré investigando en la siguiente etapa del Camino que me toca mañana.

Vuelvo a mi redil. El ruido que hace mi furgoneta anuncia, como una fanfarria, mi llegada al pueblo. Hubiera preferido algo más discreto.

La legionaria se ríe del cascajo que me han asignado, pero se alegra de que haya conseguido un pequeño trabajo que me permite deambular por Tierra de Campos.

—Lo que más me gusta de conducir una furgoneta es que te permite contemplar la carretera desde las alturas.

La obra de restauración sigue adelante a velocidad de crucero. Una vez reparado el hundimiento de la cubierta, están desmontando la cubrición para volver a hacerla de nuevo. Me comenta Pío, muy orgulloso, que está haciendo acopio de las tejas existentes para colocarlas después de nuevo en la capa superior de tejas cobijas que son las que se ven. No me parece nada excepcional, es lo que se suele hacer habitualmente, pero él habla con fervor de cosas muy normalitas. Así es, todo lo que hace le parece excepcional.

Le comento para bajarle los humos, la disposición de los tejados en pueblos de la provincia de Segovia, realizada únicamente con tejas canales.

—Lo conozco —dice muy seguro, pero no me lo creo. Es una pena que no me haya dado la oportunidad de explicarle cómo funciona, de sus ventajas y de cómo se construye para que no haya goteras.

En lo que a mí me concierne, es decir, a los bienes muebles, el organero ha desaparecido de la iglesia, lo cual me extraña. Pregunto a las Marías, que ellas sí que se hallan en la iglesia restaurando el retablo, y me dicen que se fue hace un par de días diciendo que volvería pronto.

—No nos atrevimos a preguntar cuándo, tenía un mal día.

El maestro vidriero ha desplegado sus mesas y enseres en la nave. Quiere restaurar las vidrieras a la vieja usanza, montándolas en una mesa sobre una plantilla a escala natural para luego incorporarlas al hueco del muro. Me cuenta el proceso de forma breve y concisa.

En vez de evitar el tema del robo de la talla de la Virgen, que es lo que hubiera hecho cualquier persona sensata, o que al menos hubiera seguido el protocolo de discreción exigido por el obispo, pregunto alegremente a las restauradoras:

—¿Habéis descubierto alguna otra talla falsificada?

No, no hay más tallas falsificadas, pero inevitablemente preguntan por el asunto.

Abandono mi discreción sin tener en cuenta que ellas, como poseedoras de la llave de acceso a la iglesia en los días previos a la inauguración de la restauración, pueden ser potencialmente autoras del robo. Mi intuición, que últimamente es infalible, me dice que es imposible que ellas estén involucradas en el hecho y que, por el contrario, pueden ser de ayuda en la misión de confirmar o despejar las sospechas que recaen sobre don Alejandro.

Las tres opinan y las tres coinciden en sus juicios. No tienen simpatía por él, les parece un hombre engolado y algo fatuo, pero no le consideran capaz de encargar una talla falsa para sustituir la original.

—Nunca hemos creído los rumores de que trabajaba para Eric el belga, no hubiera soportado trabajar para alguien —dicen convencidas— además, si algo define a la aristocracia es la pereza. Fíjate si es vago que no ha recogido la llave que le dio el cura y cuando quiere entrar golpea la puerta para que vayamos a abrirle.

—Debo comprobar que esto es cierto —me digo—, lo de aparentar no tener la llave puede ser una treta para despistar o

48

simplemente es que considera más cómodo llamar a la puerta que sacar la llave. Hablaré esta noche con el párroco cuando pase a cenar donde siempre.

Precisamente en ese momento alguien llama a la puerta de la iglesia con mucha determinación. Las tres Marías se acercan a abrir. Parece que lo hacen todo juntas. Entran cuatro personas encabezadas por don Alejandro al que había entrevisto el día de la inauguración y cierra la comitiva una señora rubia deslavada que debe ser su mujer.

Él es muy alto, da la impresión de ser muy culto por su forma de hablar y tiene un aire de aristócrata campechano que tanto se lleva en este país. Desde luego su mandíbula es la de los Austrias, y no hace falta ser una experta en arte, como lo soy, para apreciarlo. Tiene ojos azules y una mirada magnética que seguro que le ayuda a cometer sus fechorías. Aparto la mirada no vaya a ser que acabe quedándome sin el reloj tan bonito que llevo.

Está haciendo una visita guiada a unas autoridades y habla con mucho desparpajo sobre la historia de la iglesia. Sabe conquistar a su auditorio que sigue sus palabras con avidez. A nosotras no nos hace ni caso. Como ya no puedo hablar con las Marías con la suficiente privacidad, me voy y añado un recorrido más entre la iglesia y el bar.

Callejeo por el pueblo con la vana esperanza de encontrar algo nuevo. Me entero por una estela situada en el límite con la extensión infinita de campos de cereal, que aquí precisamente, se proclamó a Fernando III el Santo como rey de Castilla. Tengo que investigar este hecho tan insólito: habitualmente esto sucede en pueblos más señeros y con más empaque que éste.

Termino llegando a mi fonda para cenar el sabroso sándwich mixto con huevo que prepara la legionaria. Lo acompaño con un doble de cerveza. Aparece el párroco don Domingo o padre Domingo como quiere que se le llame. Le invito con una sonrisa a que se siente a mi lado y detecto que no es tan idiota como parece. Se da cuenta de que quiero algo de él, hecho evidente ya que nunca le había invitado a sentarse a mi lado, y debe de estar sopesando qué es lo que quiero. Por un momento, su mirada se vuelve concupiscente, pero afortunadamente desaparece pronto, se ha debido de dar cuenta que hay cosas fuera de su alcance y yo soy una de ellas. Lo que me faltaba, tener que soportar a un cura rijoso.

Se acomoda vaciando sus bolsillos en la mesa, gesto que me incomoda.

¿Para qué demonios usa este cura una faltriquera, que forma parte de su uniforme, si luego mete todo en los bolsillos que están a reventar lo que le impide sentarse?

Entre los objetos que deja en la mesa hay un manojo de llaves que me da pie a preguntar:

—Todavía le quedan un montón de llaves, ¿es que no las han recogido todas?

Vuelve a mirarme con desconfianza y asiente sin dar más explicaciones.

Pero yo soy una investigadora muy competente y no consigue desanimarme. Puedo tener una sonrisa cautivadora y la pongo en práctica.

Noto como el cura baja la guardia y sin apenas preguntar, me dice enseguida a quién corresponden las llaves. Efectivamente, don Alejandro no ha recogido su llave y tampoco lo ha hecho el escultor a cargo de la restauración del retablo, Dimas Fernández, que ni siquiera ha hecho acto de presencia en la obra. Parece que ha delegado todo en las tres Marías, lo cual, bien pensado es un poco raro. Una cosa es delegar el trabajo y otra es no venir a la inauguración que es donde uno puede darse pisto y hacer relaciones, y más raro aún es que no aparezca para supervisar el trabajo de sus empleadas, que aunque muy competentes, no dejan de ser unas primerizas.

—Si ves a don Alejandro dile que tengo todavía su llave.

Esto lo descarta, sin llave no ha podido entrar por su cuenta en la iglesia y por tanto proceder a la sustitución de la talla. He reunido ya datos suficientes para encaminar mis pesquisas en otra dirección una vez que haya informado al obispo.

Subo a mis modestos aposentos. Hace tiempo que no enciendo el ordenador. El correo viene muy jugoso, hay una ristra de ellos de Ruggeri que ni siquiera abro. Solo leo el título de los asuntos, pero ninguno llama mi atención. Recuerdo cuando hice unas prácticas en un organismo privado que dependía de subvenciones oficiales; allí estábamos obligados a llamar a departamentos de la administración donde nunca cogían el teléfono. Descolgaban y colgaban en una única maniobra que era francamente fastidiosa. Un colega me explicó que disponíamos de uno o dos segundos para llamar la atención antes de que te colgaran. Él utilizaba el sistema de proferir un grito de ultratumba que a veces surtía efecto y era atendido, quizás intrigados por lo que pudiera ocurrir al otro lado de la línea. Veo que Ruggeri no conoce el truco y no consigue llamar mi atención con el asunto de sus correos. Todo apunta a un montón de lamentos, excusas y ataques. Nada de esto me importa ya.

Dudo si pedirle que me envíe el escritorio, que siempre he utilizado, y mejorar así mi espacio de trabajo ya que tengo una mesa muy somera que además cojea de una pata. Desisto enseguida, prefiero arreglarme con lo que tengo que darle a Ruggeri la oportunidad de darme la brasa y lo que es peor, de conocer mi paradero.

Hay un último correo en el que no había reparado. Es de Lara que me envía noticias sobre el malvado don Alejandro. Me adjunta el informe que sobre él ha realizado la Academia de Cine. Me dice que no ha sido difícil conseguirlo, pero es cierto que es una persona con muchos contactos.

El informe desaconseja concederle el premio a la mejor banda sonora ya que han detectado que, más que componerlas, lo que hace es adaptar melodías conocidas cambiando las notas necesarias para no ser acusado de plagio aunque el resultado sea un plagio encubierto. Es indudable que premiar un fraude legal, pero fraude al fin y al cabo, daría una muy mala imagen a la institución. No hay mención alguna a los rumores de tráfico de objetos artísticos robados, por lo que empiezo a perder la fe en esta línea de investigación.

Transcurren los días en los que realizo los portes de mochilas de los peregrinos del Camino de Santiago cuyas etapas se van alejando del punto en el que comencé.

Me pregunto por qué debo seguir siempre al mismo grupo que en estos momentos recorre la provincia de León. Los trayectos me resultan cada vez más largos. Cuando coincido con ellos percibo cansancio acumulado y ninguna ilusión por ponerse en marcha cada mañana. Más bien parecen resignados a seguir el Camino, como si fuera una obligación impuesta, incluso una penitencia. Mi percepción sobre el Camino de Santiago no mejora cuando recuerdo que fue, siguiéndolo como peregrina, cuando conocí a Ruggeri. Éramos muy jóvenes entonces.

Desisto de buscar el rastro de don Alejandro por las iglesias de los pueblos por los que paso, porque queda claro que es un sinvergüenza, pero poco más. No hay nada que le pueda relacionar con el robo de la talla de mi iglesia. Sí, mi iglesia, porque así la considero ahora.

Un día, en parte para matar el aburrimiento, en parte por capricho, decido acostarme con un chico del grupo de peregrinos. Elijo al más guapo, un inglés de pelo oscuro y ojos azules con la piel muy blanca. Me dice que se llama Chris y que sus amigos le llaman Chris, crisis. Esto debería haberme puesto en guardia, pero no presté atención a los signos evidentes.

Como este chaval pernocta en el albergue, donde hay poca intimidad, lo llevo a mi furgoneta, que, con un poco de imaginación, se puede suponer que es un camping caravana.

Allí lo hacemos, entre las mochilas que tengo que trasladar. Es visto y no visto, parece que Chris entra en crisis. Hago lo que hace una mujer en estos casos:

—No te preocupes, no tiene la más mínima importancia.

Le propongo ir a tomar un bocadillo al bar del pueblo no vaya a ser que se me apalanque en la furgoneta para intentar mejorar sus prestaciones.

Ya me lo dijo una vez Lara, que sabe de todo:

«Los ingleses son negados para el sexo y la cocina.»

Además son unos tacaños, puedo añadir. A la hora de pagar los bocadillos, no se le ocurre nada mejor que hacerse el distraído y cuando ya no le queda más remedio, propone pagar a medias.

# 10

Me encamino a Palencia donde tengo una cita con el obispo en la fecha prevista. El viaje resulta muy accidentado. La DKW falla cada poco. El problema ya no es el humo negro, denso y maloliente que arroja el tubo de escape, sino que ahora también falla el motor a ratos. La furgoneta se estremece y da pequeños saltos, parece que va a quedarse parada, pero no lo hace y al final siempre vuelve a rodar. Es muy estresante y no estoy dispuesta a seguir con este cacharro. Lo primero que hago al llegar es pasarme por la empresa que me contrató para pedir un cambio de vehículo como me habían prometido. Como suponía, no tienen ningún otro disponible y teniendo en cuenta que cada vez tengo que ir más lejos a buscar a mis peregrinos, que no tengo ganas de volver a ver a al inglés patoso y que me veo obligada a seguir con la furgoneta en mal estado, renuncio a mi trabajo. No entiendo por qué tengo que seguir siempre a los mismos peregrinos en vez de hacer el recorrido más cercano a mi pueblo. Sospecho que son los únicos que ha conseguido contratar la empresa.

El obispo me recibe de nuevo a la hora prevista. Esta vez está sentado en un banco de piedra. Tengo la impresión de que se pasa el día en el claustro y hoy, afortunadamente, parece que no voy a tener que seguirlo en sus dinámicos paseos. Le cuento el resultado de mis pesquisas, pero cuando quiero explicarle el desarrollo de mi mente deductiva, cómo he averiguado que don Alejandro no ha recogido su llave y cómo ha engañado a un cura para hacerse con una talla a bajo precio, no parece mostrar ningún interés por mis explicaciones. Más que un obispo interesado en los vericuetos que toma la mente humana y los acontecimientos que definen una vida, parece un ejecutivo de una multinacional a quien solo interesa el resultado final. Lo único que le merece un comentario, por cierto, despectivo, es la actitud del cura que vendió la talla a don Alejandro:

—Estos curas de pueblo siempre trapicheando. Parece que no creen en Dios.

Se queda quieto como una esfinge y callado. Tarda un buen rato en lanzar mis pesquisas sobre otra persona:

—Pío García Page, el arquitecto, parece un ángel, pero es Lucifer, el ángel caído. Tendremos que descubrir si se ha convertido en Satanás.

Nunca hubiera sospechado tanta saña hacia la persona encargada de la restauración. Me da un montón de datos sobre Pío.

Arranca a caminar, pero despacio, muy despacio. Le acompaño y como no entiendo cómo sabe tanto sobre él, le pregunto ingenuamente:

—¿Es en la confesión donde se entera usted de tantas cosas?

Se para en seco, me mira con extrañeza y prosigue su marcha sin dejar de hablar:

—No hija mía, debieras saber que hay una cosa que se llama secreto de confesión que me impide comentar lo que me cuentan. Además, con la confesión, créeme, solo se aprende cómo miente la gente. Casi todo lo que me cuentan es mentira.

—Eso es pecado —le digo y sonríe.

De todos los datos que me ha dado sobre el arquitecto, destacan dos en particular. Uno que dice mucho sobre su talante: aprobó arquitectura a base de copiar los proyectos de sus compañeros. Otro que explica su devenir profesional: es el recaudador oficial para el partido en Castilla y León. Esto quiere decir que cobra un porcentaje de las obras a las empresas constructoras a cambio de las adjudicaciones y ese dinero lo lleva a la caja B del partido, probablemente quedándose él con una parte.

Ahora entiendo por qué hay un presupuesto tan elevado en esta obra y por qué la administración favorece el lucimiento personal de Pío García Page en el intento de conseguir el premio Europa Nostra. Es un enchufado y un peón destinado a llenar las arcas del partido.

«Esto no prueba que haya sustituido la talla», me digo, con mi mente cada vez más ponderada y deductiva.

El obispo sigue andando y hablando. Sujeta el Antiguo Testamento con la mano izquierda. Habla sin mirarme, fundamentalmente porque yo estoy detrás de él.

—Tienes que ir a ver a Santiago Posteguillo —se para y me alcanza una tarjeta de visita que saca de su faltriquera— pero no le digas que vas de mi parte. Lo sabe todo sobre Pío. Céntrate en si puede haber sido él quien ha sustituido la talla de la Virgen. No preguntes nada sobre la financiación del partido. Esas cosas las sabe todo el mundo, pero nadie las comenta, ni siquiera en confesión.

Dudo si decirle lo que pienso, ¿por qué demonios no lo pregunta él, si lo conoce?

—Te estarás preguntando por qué no lo hago yo mismo, es difícil para mí. No quiero que se sepa que me intereso por el robo de una talla de una Virgen, prefiero que no se me relacione con el tema.

No entiendo el motivo que me expone y me dispongo a escuchar la respuesta a mis dudas, como sucede siempre con este hombre preclaro. Damos una vuelta al claustro en silencio y no me dice nada. Me quedaré con las ganas de saber cómo funcionan los vericuetos oscuros de la política y su relación con el obispado. Quizás la persona cuyo nombre aparece en la tarjeta me aclare algo al respecto.

Parece que la audiencia se ha terminado. El obispo se encamina hacia la catedral y en el pórtico se despide escuetamente de mí:

—Me tendrás informado. Estás realizando un buen trabajo y no lo olvidaré.

Al menos esta vez no tengo un plazo determinado para mis investigaciones y me quedo con la frase de «no lo olvidaré» como acicate para el futuro.

# 11

Pío García Page siempre había sabido formar equipos y sacar provecho de ello. Desde muy pequeño, cuando estudiaba en el colegio de El Pilar que sus padres eligieron sin dudarlo, mostró sus aptitudes. Fue delegado de clase en todos los cursos, y cuando faltaba algún profesor, salía discretamente al estrado y organizaba una actividad entre sus compañeros. Siempre era algo entretenido y de provecho. Una vez montó una rifa y consiguió que el colegio premiara al ganador con una tableta de turrón de las que se habían recolectado para el regalo de navidad de los pobres. Otra vez, en vísperas del examen de Ciencias Naturales organizó una porra con las preguntas que podrían caer. Es probable que el éxito generalizado de su clase en este examen fuera debido a ese peculiar método de repaso.

Provenía de una familia ultra católica y no era extraño que participara en obras de caridad. Se apuntó muy joven como ayudante en unos viajes en tren cuyo destino era Lourdes y que llevaba como viajeros gente enferma y necesitada de ayuda. Allí comenzó su siempre fructífera colaboración con la iglesia. Se le ocurrió convencer a algunos compañeros de clase para que le ayudaran y crearon una milicia repartida por los vagones del tren.

Desde muy pequeño, pensaba también en cómo dar

propaganda y difusión a sus objetivos. Llevaba unas camisetas estampadas con el lema «objetivo Lourdes» y el año en cuestión. No era un lema muy ingenioso, pero sí muy eficaz. El hecho de llevarlas puestas favorecía que los atendieran más diligentemente a la hora de resolver cualquier trámite relacionado con el viaje. Las camisetas las pagaban a escote.

Con ese carácter y su forma de entender la vida todo el mundo hubiera pensado que iba a estudiar derecho y hacer oposiciones. No fue así y en un arranque de originalidad estudió arquitectura.

Allí, en la Escuela, como llaman los futuros arquitectos a su universidad, desarrolló sus dotes organizativas. Había muchas asignaturas en las que se trabajaba en equipo y sus grupos siempre destacaban y obtenían buenas notas. Esto no se debía a que él fuera estudioso o creativo, en realidad era un estudiante más bien mediocre, sino a que conseguía que sus grupos funcionaran muy bien. El trabajo se repartía en función de las aptitudes de cada uno. La suya era la coordinación de grupos. Las malas lenguas decían que en los proyectos individuales tenía dificultades. Se paseaba por la clase saludando a todo el mundo, observando lo que hacían, y luego tenía la habilidad de hacer un refrito de las mejores ideas. Una vez, un profesor le dijo con cierto desprecio que había presentado un proyecto Frankenstein, pero en general, sus proyectos, aunque no destacaban, sí que colaban.

En los últimos años de carrera sus dotes de organización volvieron a favorecerlo. Obtuvo, no se sabe muy bien cómo, un encargo menor: levantar los planos de una pequeña iglesia en un pueblo de Tierra de Campos. Inmediatamente organizó un equipo con compañeros de clase que se desplazó al lugar en el mes de julio, justo después de los exámenes, para realizar el trabajo. La oferta podía resultar atractiva para quien no tuviera nada que hacer en verano. Estaban ya en la edad en que se ha dejado de veranear con los padres.

Le pagaban muy poco, pero aun así repartió generosamente

los honorarios entre todos creando una caja común que subvencionaba el camping donde se alojaban y las comidas.

Realizaron un trabajo muy completo ya que eran muchos y muy dedicados. Añadieron al levantamiento encargado, el de otras tres iglesias de la zona.

Cuentan quienes coincidieron con ellos en el camping, que parecía un grupo de juventudes hitlerianas, o de la OJE, ya que todos vestían la misma camiseta llevando a cabo la obsesión de Pío por dar un nombre a toda actividad y publicitarlo. Asimismo las tiendas de campaña eran todas iguales, de un color amarillo limón, que Pío había conseguido a muy buen precio.

La consejería de Cultura de Castilla y León, autora del encargo, recibió el trabajo realizado y su ampliación con agrado, y le prometió que si algún día se hacía algún trabajo en una de aquellas iglesias se acordarían de él.

Una de las que decidieron levantar los planos sin que nadie se lo pidiera era la iglesia de Santa Eufemia en Autillo de Campos.

# 12

Como he devuelto la furgoneta, ya que el Camino de Santiago me da malas vibraciones, decido, para quitármelas, gastarme el dinero de mi antigua cuenta compartida con Ruggeri, en algún vehículo. Es de justicia. Si él se queda con el coche en uso, nada más justo que invierta en otro medio de locomoción. Me hace falta. Localizo en Palencia un concesionario de coches. Busco un utilitario, pero me he empeñado en que no sea de segunda mano. Mi última experiencia con la DKW me ha desanimado con el género usado. Creo que este tipo de coches son para gente experta en mecánica y no es mi caso.

Nunca hubiera pensado que uno nuevo, por pequeño que sea, pudiera alcanzar precios tan elevados. No me parece prudente gastarme todo mi pecunio, del que además me puede ser exigida su devolución en cualquier momento, en un coche, que es un trasto caro y dudoso. El vendedor comprende enseguida mi desazón y me dice:

—Vaya a una tienda de motocicletas, allí encontrará algo más acorde con su presupuesto.

Tiene razón y le hago caso: Voy al sitio que me ha indicado algo apurada de tiempo. Cae la tarde y debo conseguir algo para volver a mi pueblo antes del anochecer.

El taller de motos huele a grasa. No es un olor que me

resulte desagradable. Tiene una parte de exposición y venta más cuidada, pero se nota que allí lo importante es el taller. Sale un hombre con un mono grasiento que le sienta muy bien. Tiene unas patillas de bucanero y no se corta un pelo al encender un cigarrillo en mi presencia sin preguntarme siquiera si me incomoda. Me echa el humo a la cara, pero no me molesta y sigo hablando con él. Después de enseñarme varios modelos de escúter automáticos, todos ellos con arranque eléctrico, me dice de pronto:

—Quizás quieras una Vespa Primavera, tengo una de segunda mano que acabo de repasar. Está en perfecto estado.

Me explica sus ventajas e inconvenientes. Parece ser que tiene un motor de dos tiempos, lo cual a mí no me dice nada, pero por lo visto, tiene sus ventajas: es un motor más sencillo y arranca en cualquier situación. Sus desventajas, que para mí no lo son, es que hace más ruido y echa más humo que una motocicleta convencional. Aprendo enseguida a arrancarla con un golpe de pedal, que me parece un gesto de una belleza insuperable y comprendo que la moto frena muy mal y que no hay que utilizarla sobre suelo mojado.

De pronto me veo con un pañuelo al cuello, surcando las rectas infinitas de la Tierra de Campos y la imagen que se forma en mi cabeza me decide. Siempre he valorado por encima de todo los aspectos estéticos de la vida.

—Creo que es precisamente lo que necesito.

El precio es muy reducido, lo que añade un plus a la estética. El vendedor aprovecha para proponerme un curso práctico de conducción de la Vespa. Quiere llevarme al huerto descaradamente. Yo me dejaría gustosa, es guapo y huele a grasa. Eso me excita, pero voy muy justa de tiempo. No quiero hacer mi aprendizaje de conducción de una moto como la Vespa, complicada, a oscuras. Atiendo a todo lo que me dice y nos despedimos. Le miro con una mirada nostálgica, como lamentando lo que no va a ocurrir. Lo entiende muy bien y no insiste. Él también tiene la mirada nostálgica y también lamenta lo que no va a ocurrir. Casi nunca las cosas transcurren como uno quiere y las moteras lo sabemos bien.

Recorro las rectas en dirección a mi pueblo a toda pastilla. En un momento dado, en un ejercicio de desdoblamiento inusual, me veo desde fuera aferrada al manillar de la moto y con el pañuelo al viento.

Tengo el tiempo justo de llegar a Autillo antes de que sea noche cerrada. Disfruto de la conducción de la Vespa por carreteras casi desiertas. La moto va como un tiro.

Da gusto llegar a la pensión que es ahora mi hogar y reencontrarme con la legionaria que es ahora mi familia.

Después de un sueño reparador, me levanto con ímpetu. Antes de indagar lo que me ha encargado el obispo debo pasar revista a la obra y comprobar las certificaciones. Además, esta vez no tengo un plazo señalado para volver a verlo, iré cuando tenga algún resultado.

Para ganar tiempo, hablo con Lara y la pongo al día de mis vicisitudes.

Cuando le menciono a Santiago Posteguillo no puede evitar decirme:

—Caramba, veo que tienes contactos de alto nivel.

—Precisamente, no tengo el contacto, tienes que pedirme audiencia e invéntate un motivo pero no menciones al obispo.

Queda en llamarme cuando sepa algo.

La rehabilitación de la iglesia avanza a buen ritmo. La cubierta se ha restaurado por entero y es bien sabido que es el elemento más importante de un edificio. Los albañiles están ahora con los muros de la fachada. Pío es un arquitecto aceptable, por lo que veo. En vez de sanear todas las juntas de las piedras con un mismo revoco, ordena repasar solo las que están abiertas. El resultado es menos uniforme y muestra la historia de los muros, más resistentes en algunos sitios y menos en otros. Asisto, desde una prudencial distancia, a la visita de obra y Pío, muy en su papel de gran jefe, exclama con vehemencia:

—Sólo se pone una tirita allí donde sangra la herida.

No le falta razón. Estoy a punto de intervenir para darle mi apoyo, pero me reprimo a tiempo. Mi defensa ni la ha pedido ni la quiere. Decido ocuparme de lo que me atañe.

En el interior la actividad es desbordante. El organero ha tomado el coro que está lleno de diferentes piezas separadas de lo que será el futuro órgano. Como siempre, está toda la juventud del pueblo haciendo de ayudantes. Parece que está de buen humor y me explica detalladamente, quizás demasiado detalladamente, cómo va su restauración y la función de cada una de las piezas. Ha traído lo que llama el secreto que es la pieza maestra de un órgano, algo así como su cerebro, o su disco duro. Está abierto porque están trabajando en él y se ven la multitud de canales por donde pasará el aire para alimentar los tubos de cada juego servido por el secreto. El organero, muy amable esta vez, me enseña cómo deslizan unas tablitas que son los registros, que cortan o no el flujo del aire según su posición abierta o cerrada.

—Me recuerda a las compuertas de los canales de riego —le digo. El comentario no le hace ninguna gracia al organero y se enfurruña dando por terminada la explicación.

No obstante, a mí me parece una comparación acertada.

Sigo la visita y me desplazo a la mesa de las vidrieras. El restaurador tiene un montón de vidrios de diferentes tonalidades que ha debido realizar en su taller y los ajusta, cortándolos con una especie de tenazas, al perímetro de los plomos que siguen el dibujo de una cartulina que tiene como base.

Me gusta la luz coloreada y me gusta el vidrio como material. El maestro vidriero me explica el proceso de fabricación del material en su taller. Lo hace todo con un horno muy potente y añade diferentes metales a la mezcla fundida para darle color. Cada pigmento se obtiene con un metal o aleación diferente.

—Por ejemplo, hay un verde que se obtiene con láminas

de cobre, pero hay colores que son el secreto de fabricación de cada vidriero.

«Como la fórmula de la Coca Cola», pienso, pero esta vez no exteriorizo mi comparación no vaya a ser que se enfade.

La parte a la que asisto es como hacer un puzle sobre el mismo dibujo, pero no lo digo para no meter la pata de nuevo.

—En las vidrieras se contaban historias para el pueblo —me dice— igual que en las tallas de los capiteles. Ten en cuenta que muy poca gente sabía leer. Además, la luz acerca el interior de la iglesia a la representación del cielo.

Me quedo fascinada escuchándolo y olvido apuntar en mi libreta el trabajo, lo que ha realizado para poder facturarlo. Vuelvo a la realidad y cuando voy a medir la superficie de la vidriera, el maestro me sonríe y dice:

—Tres cuarenta por seis veinte. A pesar de mi edad no pierdo la memoria.

Apunto diligentemente lo que me dice y paso a ver a las tres Marías para comprobar cómo va su trabajo.

Están armadas con unos pinceles finísimos y repintan unos ángeles que han desmontado del retablo. Parece que cada una de ellas tiene uno asignado en exclusiva:

—Ya nos dirás cuál luce más. El mío, de momento, es la mejor escultura.

Efectivamente, el ángel de Laura parece más expresivo que los otros dos.

—Esta parte de repintar es la más divertida —dice Belén, perfilando las cejas del suyo— llevamos semanas limpiando y limpiando.

La verdad es que están haciendo un trabajo notable. Recuerdo a los ángeles, sobrevolando el retablo, con aspecto mortecino y una piel oscura y ahora los veo lustrosos y regordetes, rebosantes de salud.

Apunto en mi libreta una aproximación de lo que llevan restaurado y acabo con esto la jornada de control.

Salgo en busca del arquitecto. Necesito los planos del proyecto para hacer mi trabajo con precisión.

Lo encuentro departiendo con otros miembros de lo que parece ser el cuerpo técnico de la obra. Espero educadamente a que termine con sus pedanterías, pero no termina nunca. En un momento en que hace una pausa para coger aire, le digo:

—Pío, por favor, necesito los planos. No me los has enviado.

Me mira y baja del Olimpo unos segundos.

—Federico te puede solucionar esto, es mi colaborador más cercano. Llámalo y me dicta un teléfono atropelladamente ya que tiene prisa por volver al Olimpo del que le he hecho descender.

Estoy contenta. Parece que se me abren dos vías nuevas de recabar datos en la investigación que estoy realizando sobre Pío. Por un lado, estoy pendiente de la posible reunión con Posteguillo, que me imagino tardará en concretarse. Aunque Lara es muy espabilada, no veo bien cómo puede convencerlo de recibirme. He abierto otro frente con la petición de planos de la iglesia. Puede que Federico me cuente algo de su jefe. Ya lo decía un político de la transición:

—Cuerpo a tierra, que vienen los nuestros.

Lo llamo:

—¿Federico Gentil?

Es gentil y educado, hace honor a su apellido. Le explico lo que quiero, pero no me lo envía directamente. Quiere quedar en la iglesia al día siguiente. Querrá ver si soy de fiar. Tendré que disimular.

—Podemos quedar bajo el andamio de fachada, así estaremos protegidos del sol.

Le parece raro, lo noto por su voz, pero acepta.

Aparece puntual con un rollo de planos bajo el brazo. Es bajito, tiene el pelo engominado y usa gafas con una montura imperceptible. Viste traje y una corbata desaliñada.

Tiene conversación y cultura, es un arquitecto típico,

aunque le falta vanidad para ser un elemento destacado de su profesión.

Enseguida me doy cuenta de que es realmente la mano derecha de Pío, algo así como su secretario. Hablo con él sobre los planos de la obra, de ahí paso a la restauración en general. Federico, es una persona suave, apasionado de su trabajo y muy delicado. Promete pasarme la medición de la obra que es un documento que me viene muy bien para hacer mi seguimiento. En una administración eficaz, que no es el caso, la Consejería de Cultura me lo hubiera facilitado al inicio de la obra. Pero aquí toca buscarse la vida.

Federico me propone quedar al día siguiente en el pueblo de Ampudia y llevarme la medición. Están allí estudiando la colegiata para presentar un proyecto de restauración. Está claro que a ellos les hacen más caso que a mí con sus propuestas.

—Es un pueblo muy bonito con sus calles porticadas. Podemos dar un paseo.

No le digo que conozco el pueblo de sobra, y sí, es un pueblo bonito.

Detecto por su tono de voz que tiene interés por mí. Esta es una de mis habilidades, que en principio no me sirve para nada, quizás solo para verlas venir. Prevenida y todo, quedo con él para el día siguiente en Ampudia. Son poco menos de cuarenta kilómetros que puedo hacer fácilmente con mi Vespa.

Llego un poco tarde porque me ha dado la ventolera de parar en una laguna que hay de camino para observar las aves que la frecuentan. La culpa es de un cartel que lo anuncia y de un mirador de madera irresistible.

Federico no parece un tipo impaciente. Está sentado en un banco, a pleno sol, dibujando en una libreta de cuero muy elegante. Le cuento el motivo de mi retraso con total desparpajo y me disculpa inmediatamente, pasando a hablar de las aves que hay por aquí y me menciona el nombre de la laguna donde he parado.

Vemos la colegiata y paseamos por el pueblo. Me doy

cuenta de que se está deslizando poco a poco al terreno de las confidencias y parece tener una confianza ilimitada en mí. Creo que me quiere impresionar. Me confirma veladamente y con un punto de crítica lo que ya parece que sabe todo el mundo: Pío es recaudador del partido. Considera que es una labor pesada que les han impuesto. Me dice que es una obligación muy molesta.

—Es como llevar un cilicio los fines de semana.

Lo dice en serio, nunca había conocido a alguien tan fanático.

Me atrae de repente la posibilidad de hacer pecar a Federico, porque hacer el amor fuera del santo matrimonio, por supuesto que a oscuras, no parece que se le haya siquiera pasado por la cabeza. Algo me atrae a la hora de quebrar voluntades.

Sigue hablando sin parar de su jefe. Adivino que hay un cierto rencor, o tal vez envidia y estoy a punto de preguntarle si Pío está involucrado en el robo de la talla.

Llega un momento en que tiene que volver a la Colegiata donde se ha citado para hacer unos ensayos. Quedamos para el día siguiente en Autillo sin ninguna razón que lo justifique. Ya me ha dado todo el material que necesitaba.

—A las diez debajo del andamio —me dice, buscando mi complicidad.

Allí estamos a la hora acordada. Parecemos ya una pareja consolidada. Me da dos besos en la mejilla, pero demasiado cercanos a mi comisura de los labios para ser un chico del Opus, donde seguramente consideren el adulterio pecado, y además mortal.

Empiezo a pensar que algún día vamos a terminar haciendo el amor. Estoy convencida de que es de los que dice finamente hacer el amor.

De pronto me sobreviene un dolor profundo y lacerante. Sufro de reglas muy dolorosas. Todos los meses la misma historia.

Le tengo que despachar sin contemplaciones porque ahora mi prioridad es conseguir algún tipo de antiinflamatorio, pero me parece que se merece una explicación.

Se lo explico, pero no parece entender muy bien lo que me pasa, es posible que desconozca lo que es la regla, y si lo conoce, debe ser algo que no se debe mencionar.

Lamentablemente en este pueblo no hay farmacia y tendré que ir a Becerril. Se ofrece a acompañarme, pero declino su oferta. Me iré en Vespa y así me doy una vuelta para no pensar en el dolor que me recorre ahora la espalda. Me siento agobiada.

Parece decepcionado, pero quedamos para otro día. Aún no hemos terminado.

En la farmacia les cuesta darme el ibuprofeno:

—¿No tiene receta?

—No, pero tengo dolor.

—Es que solo puedo darle de cuatrocientos miligramos.

—Pues deme, ya veré yo cuantas pastillas me tomo de golpe.

La farmacéutica es una señora a todas luces estricta y me mira horrorizada, pero se calla.

Para hacerla rabiar le pido un vaso de agua que me da a regañadientes. Me tomo ostensiblemente delante de ella dos pastillas de golpe.

Vuelvo corriendo a casa para meterme en la cama hasta que pase el suplicio.

Así permanezco, cuidada por la legionaria que empatiza mucho conmigo, supongo que debido a su condición femenina.

# 13

Me recupero justo a tiempo para ir a una inauguración de las Edades del Hombre en Paredes de Nava, centro cultural de la zona. No debo descuidar las relaciones porque no sé qué pasará cuando termine este trabajo.

Se celebra un convite tipo cóctel en un local que parece una cuadra. Todo muy rural. Hay pocas personas, todas asiduas a estos actos, y veo entre el público a Federico Gentil charlando con Pío. Me saluda y parece algo incómodo. ¿Será por la presencia de Pío?

Se acerca una señora trayendo un plato de jamón y se sitúa junto a Federico en un discreto segundo plano. Debe ser su mujer y pienso que he estado a punto de liarla. ¿Cómo se me ha ocurrido romper este matrimonio, que si no feliz, está por lo menos acostumbrado a una vida rutinaria y llevadera? ¿Cómo voy a echar por tierra este matrimonio por un capricho pasajero y por el deseo de sonsacar a Federico información sobre Pío?

Me doy cuenta a tiempo, abandono mi papel de Mata Hari y cambio de grupo para evitar el mal rato de Federico.

No consigo hacer ningún contacto interesante y me retiro pronto para volver antes del anochecer. Es lo que tiene la Vespa, malos frenos y malas luces.

Visto que me ha fallado el ayudante de Pío, tendré que volcar mis esfuerzos en la cita con Posteguillo.

Llamo a Lara:

—No quiero meterte prisa, pero espero que todo vaya sin pausa.

—Hija, qué agonías. Estoy a punto de conseguirlo —me dice y me deja en ascuas—. Mañana te llamo, sé paciente.

Lara cumple su palabra. Tengo cita dentro de dos días en el despacho de Santiago Posteguillo en Valladolid.

Es mucha distancia para ir en moto, me estoy convirtiendo en una persona acomodaticia. Decido ir con la Vespa a Palencia para desde allí seguir en tren. Va a ser extraño ir a Palencia y no visitar al obispo. Dudo si acercarme al garaje de motos con cualquier excusa para ver al mecánico que huele a grasa, pero desisto, lo que decía antes, me he convertido en una burguesa conformista.

El protocolo en los despachos de los altos cargos no me impresiona nada. Anuncio que tengo cita a un secretario relamido que comprueba una lista con detenimiento, como si no se supiera ya de memoria la agenda de citas de su jefe para el día. Me hace esperar, pero no me importa. Paso un rato pensando cómo abordar a Posteguillo para conseguir lo que quiero. La espera me concede el tiempo suficiente para que se me ocurra una idea genial: voy a traicionar al obispo.

Finalmente me hacen pasar. Cuanto más importante es el cargo, más altas son las puertas de su despacho. Estas de aquí llegan casi hasta el techo, que ya de por sí es muy alto. Calculo que miden casi tres metros de altura, una desmesura.

Santiago Posteguillo es una persona con un rostro indefinido en el que sus límites se difuminan. No podría describirlo en un atestado policial ni señalarlo en una rueda de reconocimiento. No hay nada reseñable en su aspecto. Lleva gafas sin apenas montura que sobrevuelan un rostro sin carácter. Eso sí, toda esta indefinición se contrarresta con una mirada dura, muy dura.

—Me ha encargado el obispo que le pregunte por el robo de la talla, pero no debo decirle que es él quien me lo ha sugerido.

—Pues ya me lo has dicho —dice intrigado.

—Es por crear un clima de confianza. Sé bien que no puedo ocultarle nada, parece ser que usted lo sabe todo.

—Todo sobre el partido, poco más. Por ejemplo, sigo sin saber quién eres, solo conozco tu nombre.

Me imagino que dispongo de poco tiempo y por tanto entro inmediatamente en materia. Le cuento el robo de la talla y le pregunto si hay alguna posibilidad de que Pío García Page esté involucrado en el robo.

—¿Tú sabes cuánto puede valer esa talla, veinte mil euros, cincuenta mil a lo sumo? ¿Es una obra de algún escultor famoso?

Le explico que los autores de las tallas románicas no son conocidos y que su valor es, efectivamente, enorme sentimentalmente, pero menor desde el punto de vista dinerario.

—Vale lo que alguien quiera pagar por ella.

—*Peanuts* —me contesta y como pongo una cara rara, me lo traduce al español—. Menudencias.

Se me acerca, me coge del brazo quizás con un exceso de familiaridad, y desarrolla sus argumentos:

—Mi trabajo es conocer a la gente, sobre todo sus debilidades, que luego siempre puedo utilizar a mi favor. Pío las tiene, y no te las voy a detallar, pero no son venales. Nunca pondría en peligro una restauración que le puede dar su ansiado premio de Europa Nostra, por una cantidad limitada de dinero. Es más, creo que estaría dispuesto a pagar bastante dinero por conseguir el premio. Te voy a poner un ejemplo. ¿Tú sabes que el reportaje de vídeo que se está haciendo sobre la restauración lo paga él?

—Nunca lo hubiera sospechado.

—La verdad es que intentó que lo pagara la Junta, pero hizo la petición en mal momento. Hay que saber controlar los tiempos.

Me mira casi afectuosamente e inevitablemente me da un consejo:

—Tendrías que buscar al ladrón en alguien a quien una cifra pequeña de dinero lo saque de un apuro. Es mucho trabajo, encargar una talla falsa y sustituirla para luego vender la original. Mucho peligro para poca ganancia. Busca entre los desposeídos.

Me suelta el brazo y creo que con eso da por terminada la entrevista. Me desea suerte y me da recuerdos para el obispo, con cierta sorna, porque sabe de sobra que no voy a mencionar que lo he traicionado. Abro las puertas con dificultad. Desde luego sí que son pesadas.

Voy directamente a la estación para coger el primer tren a Palencia. No quiero quedarme en Valladolid y poder encontrarme con Ruggeri por la calle. Recuerdo el título que puso a su último correo, éste sí llamativo. Decía: «¿Qué pasará cuando nos crucemos algún día por la calle?» No abrí el correo porque tenía la cabeza en otra cosa.

De momento, no quiero que ese día llegue.

Me quedo dormida en el tren y casi me paso de mi parada. Un sexto sentido me despierta. Al llegar me dirijo a donde había aparcado la moto, pero cambio de opinión. Decido darme un respiro, cenar en un restaurante de postín, que en Palencia los hay, coger un hotel para pasar la noche y descansar disfrutando de mi soledad.

Resuenan en mi cabeza las palabras de Posteguillo: «busca entre los desposeídos».

Comienzo a atisbar el juego que se trae el obispo conmigo. Me va a hacer investigar a todos los participantes en la restauración y curiosamente todos ellos presentan un perfil sospechoso. Ninguno parece honrado a carta cabal y todos han tenido algún tropiezo en su vida. El próximo creo que va a ser el organero Gustavo, que además forma parte del grupo de los desposeídos, por lo que me han dicho.

Me pregunto si este robo no se habría fraguado hace mucho más tiempo. Debe ser difícil hacer una copia de la talla sin tener el original delante, solo a partir de unas fotos. Para ello hubiera sido necesario sacarla de la iglesia antes de que se abordara la restauración. Tengo que preguntar a las Marías si es posible hacer una réplica de una talla a partir de unas fotos. Me duermo con mis teorías dándome vueltas en la cabeza.

Después de desayunar en una cafetería con mejor café que el de la legionaria, y ya descansada, decido ir a ver al obispo sin cita. Me da la impresión de que está siempre dando vueltas al claustro, un poco como los vigoréxicos que se pasan el día entero en el gimnasio.

Me presento en el claustro como una turista más y enseguida lo localizo en su ocupación habitual. En vez de seguirlo corriendo, paseo en dirección contraria para encontrármelo de frente.

Cuando llega a mi altura, hace como que no me ve, pero lo interpelo:

—Buenos días su Excelencia.

—Ilustrísimo o Reverendísimo, ese es mi tratamiento, y con mayúscula.

La última aclaración está de más. Las mayúsculas no se pronuncian de manera diferente a las minúsculas. Debe de tener un día difícil.

—Perdone que lo moleste —le digo saltándome el tratamiento— sé que no tengo cita pero estoy de paso en Palencia y tengo noticias sobre la búsqueda que me encomendó.

—Mal momento, hija, pero te escucho.

Le cuento mis conclusiones sin citar las fuentes, pero a Su Ilustrísima no se le escapa nada.

—¿Eso te ha dicho Santiago Posteguillo?

—De alguna manera.

Le detallo su teoría de que el ladrón debe ser un desheredado o alguien con pocas pretensiones, lo cual no parece hacerle mucha gracia ya que tuerce el gesto. Se queda un rato pensando y justo antes de que yo sugiera el nombre del organero, me dice:

—¿Y el organero? No había pensado en él, pero ahora me parece un sospechoso notable.

Su Ilustrísima tiene información sobre todo el mundo y me desgrana un retrato aterrador sobre Gustavo. Deudas, impagos a hacienda, no declarar a sus empleados… tiene el perfil del que no sale adelante. Parece que, además, está enemistado con todo su gremio. Como siempre que hace un retrato de sus sospechosos me hago la misma pregunta ¿y por qué lo han contratado? Porque no me cabe ninguna duda de que el obispo influye decisivamente a la hora de decidir a quién se contrata y a quién no.

Se lo pregunto y la respuesta es muy sencilla:

—Es un chico muy complicado y su negocio es una ruina, pero es el mejor en lo suyo. Quiero que el órgano suene como no suena ningún otro en Tierra de Campos.

# 14

El órgano es un instrumento muy peculiar. Tiene un sonido continuo y como la gaita carece de silencios. Eso lo hace especialmente pesado.

Tiene multitud de sonidos posibles, multitud de registros, que controla su pieza maestra, el secreto. Imaginad un laberinto de canales que llevan el viento, el aire, a voluntad del intérprete a los diferentes tubos y trompeterías.

Así es Gustavo, como los órganos que restaura. Es pesado, habla poco, pero cuando habla lo hace sin pausas, es un continuo de voz queda. Siempre habla de órganos, su pasión, y es capaz de hablar sobre ellos durante mucho, mucho tiempo.

Su personalidad, su carácter, es complejo. Puede ser amable, puede ser dulce pero cuando se desata, cuando hace sonar todos sus registros, da hasta miedo: es colérico, vengativo, obstinado…

Su psicólogo ha analizado su infancia donde sitúa el origen de su malestar, cada vez más presente.

Proviene de una familia burguesa establecida en el País Vasco pero sin ningún vínculo con la región. Es el cuarto de seis hermanos y tuvo la desgracia de tener la misma edad que el hijo de una criada que trabajaba en su casa. La criada, madre soltera, ocultó su embarazo y cuando dio a luz dejó a su bebé con la vecina para ir a su trabajo.

Pero en los pueblos todo se acaba sabiendo y la madre de Gustavo se enteró de la existencia y de la precariedad del niño de su criada al que le habían puesto el nombre del padre que, por cierto, nunca quiso reconocer al hijo.

Se dispuso entonces que esta criatura viniera con su madre y permaneciera en la casa con su coetáneo Gustavo, mientras su madre, la asistenta, cumplía su jornada laboral. Instalaron las dos cunas juntas, en paralelo, en el desván donde ella, de vez en cuando, subía a ver cómo estaban y les daba el pecho. Criaba a su hijo y también al de su señora, que tenía muy poca leche.

Con el tiempo se llegó a la conclusión de que el desván era un lugar incómodo ya que caía muy a desmano. Los dos niños fueron desplazados al semisótano de la casa, donde estaban la cocina, el office y la despensa. Así la criada podía cuidar de ellos, ahora instalados en la despensa, sin descuidar sus labores. Gustavo pasó a formar parte de la cocina y apenas veía a sus hermanos que llevaban su vida en la zona noble de la casa. Siempre hizo vida en común con el hijo de la asistenta y más tarde, durante su vida adulta, recibió visitas de él durante toda su vida, aunque cada uno vivía por su lado. Eran muy diferentes, Gustavo organero y el hijo de la asistenta guardia jurado no se tenían ninguna simpatía, pero sus respectivas madres les empujaban a que tuvieran contacto.

Con el paso de los años Gustavo desarrolló una inquina terrible contra sus hermanos y se pasaba el día rumiando su rabia. En este estado de rencor infinito, que lo atormentaba porque es bien sabido que el rencor consume a quien lo padece, llegó a la restauración del órgano de la iglesia de Santa Eufemia de Autillo de Campos donde quiere hacer una restauración ejemplar.

# 15

De nuevo me encuentro con mi Vespa en la carretera al atardecer. Decido seguir el Canal de Castilla hasta Paredes de Nava, aunque sea un camino más largo. Me apetece seguir el canal y la doble hilera de árboles que crecen a ambos lados. Los árboles que destacan sobre el llano y parecen estar en formación siguiendo el recorrido del canal, son álamos y fresnos.

Los pájaros que vuelan alocadamente sobre ellos son vencejos.

El atardecer en Autillo es espectacular. Al fondo, al este, siguiendo una línea que une Paredes de Nava con Becerril de Campos y Grijota, destaca el perfil de los árboles que he ido siguiendo con la moto. Más allá de esta línea desaparecen.

Me gusta la iluminación nocturna del pueblo que proporcionan algunas bombillas incandescentes. Es una luz cálida, muy tenue y agradable. Nada que ver con la iluminación urbana de Palencia o Valladolid, fría e intensa, que tan nerviosa me pone.

Llego a mi domicilio provisional bajo una luz espectral. Mañana habrá niebla. Me doy cuenta de que en unos pocos meses he aprendido a interpretar las señales que anuncian los cambios de tiempo. ¡Esto sí que es integrarse en la vida rural!

Más que el tiempo de los próximos días, lo que me

preocupa es cómo enfocar mi siguiente investigación. Tengo que intentar recabar información sobre Gustavo.

Primera solución: llamar a Lara y ver qué me puede decir al respecto. Según lo pienso, la llamo de manera impulsiva. No está, ya es tarde. Dejo recado en su contestador.

Segunda solución: acercarme a la iglesia para hablar directamente con Gustavo y ver qué información le puedo sonsacar. Se impone dejarlo para mañana que ya es muy tarde, hoy ya he hecho demasiadas cosas. Además, mañana habrá niebla y el pueblo tendrá un aire fantasmagórico muy propicio para las investigaciones.

La legionaria me recibe alborozada, como si hubiera recobrado a una hija y para celebrarlo me sirve una cena de categoría: Albóndigas en salsa con patatas fritas, riquísimas.

Se sienta a cenar conmigo. Abre una botella de vino que terminamos sin dificultad. Mojo media barra de pan hasta acabar con toda la salsa y dejar el plato reluciente.

—Así da gusto —me dice orgullosa de su plato y de la hija pródiga recobrada.

Inicio la jornada de buena mañana, tras un café rápido que me sirve la legionaria. No sé cuándo duerme está mujer.

—¿A trabajar tan pronto?

—Sí, me espera una jornada larga, pero aquí en el pueblo.

—Te veo para comer.

Me toca poner al día los pagos que corresponden al trabajo realizado y pedir diferentes papeles que faltan a las empresas que trabajan en la obra. Son, en general, artesanos, lo que implica una gran dejadez en la parte administrativa que consideran poco interesante y reñidas con su actividad. La administración de la Junta no entiende de artistas o artesanos. A sus ojos todos son, pequeña o mediana, pero empresa.

Fuera de la iglesia están ya los arquitectos reunidos frente a la portada. Parece que hay una visita de obra. Saludo desde lejos a Federico Gentil y me encamino al interior, a mis dominios. En el fondo, mis visitas son más importantes que las que ellos realizan, con sus principios estéticos y constructivos. En mis visitas de obra se barajan criterios económicos, se decide cuánto se paga y cuándo se hacen los pagos, criterios que son sin duda lo más importante en una obra.

Abro la puerta con la llave enorme que llevo en el bolsillo. Es pronto y soy la primera en llegar. La iglesia está llena de maquinaria por todos los lados. Veo un horno de esmaltes, una máquina combinada de carpintero alrededor de la cual las sillas para los fieles están todas tapizadas de serrín. Esto parece una nave industrial.

Tiempo tendré para verlo cuando vengan los artesanos. De momento y protegida por el silencio y la sombra de la iglesia, paseo a grandes zancadas de un lado a otro de la nave, un poco como hace el obispo en el claustro de la catedral.

Me doy cuenta de que arrastro una temporada a remolque de los acontecimientos y esto no es bueno para realizar una investigación solvente. Tengo que abstraerme y ver las cosas de frente y con claridad. No debo dejarme llevar por las apariencias, siempre fútiles, que pueden apartarme del camino de la verdad. Una buena investigadora no puede dejarse llevar. Decido volver al inicio, que está aquí: la talla de la Virgen del Castillo.

Me fijo en la talla, mejor dicho, en su copia. Es indudablemente una copia como demuestra el uso de madera de teca, pero tampoco es tan mala como pensé en un principio. Me pregunto si es posible realizarla a partir de unas fotos. Puede que sí. Es una representación clásica de la Virgen con el Niño, una de las más frecuentes del románico en la que la Virgen sentada actúa como trono de su propio hijo. Quizás, para hacer una copia no haga falta tener el original delante. Hay muchas esculturas con el mismo tema que pueden servir de guía sin tener en cuenta los detalles de cada pieza. La posición de la madre y el niño es de absoluta frontalidad y rigidez, con la mirada hacia el espectador, pues no existe ningún tipo de interacción entre una y otro.

Es en los detalles precisamente donde cada figura se particulariza. La Virgen del Castillo, que nos ocupa, tiene una manzana pequeña en la mano derecha. Los historiadores dicen siempre poma en vez de manzana pequeña, pero es lo mismo. El niño, sentado sobre las rodillas de su madre, sujeta con su mano izquierda un libro cerrado símbolo de fuente de sabiduría, mientras que con la derecha se muestra en actitud de bendecir con los dedos, índice y corazón, alzados al cielo. Es evidente que el niño ya ejercía de Mesías desde pequeño.

La verdad es que la copia no tiene aspecto de haber sido realizada recientemente. La pintura está envejecida y quizás no sea artificialmente. Si no fuera por la evidencia de la teca, pudiera pensarse que es una talla de época.

Me quedo mirándola y la interpelo:

—¿De dónde sales tú?

Justo en ese momento llegan las Marías. Espero que no me hayan oído hablar con la estatua, queda poco serio.

Las tres se embuten en un mono blanco elegantísimo y se ponen a trabajar sin dilación.

Laura está trabajando en la copia de la talla románica. Me acerco a ella y le pregunto:

—¿Tú crees que se puede hacer una copia de sin tener el modelo original presente?

Se queda pensando. Se acerca Cristina que contesta por ella:

—Yo creo que no. Quizás con un reportaje completo con vídeos y fotos de los detalles sea posible, esto no es una ciencia exacta y siempre queda un margen de duda, pero me inclino a pensar que no.

Interviene Belén:

—Por otro lado, es un tema clásico del románico, la Virgen y el Niño. Esto facilita las cosas.

Laura por fin, opina:

—Una cosa es una copia y otra una réplica. Pudiera ser una réplica posterior.

Se quedan las tres discutiendo. Interrumpo para mostrar mi extrañeza por el hecho de que Laura esté trabajando sobre la talla falsificada.

—Es una buena copia y si no se encuentra el original, que seguramente habrá sido vendido no se sabe dónde, habrá que ponerla en su lugar —replica— voy a consolidar la madera con resina y cera líquida para tapar estos agujeros que hicieron para simular la carcoma y luego aplicaré una capa también de cera líquida sobre toda la superficie de la talla para homogeneizarla y protegerla. Es lo mínimo que se puede hacer.

—Espera un momento —le digo mientras busco una aguja fina entre el material de las chicas y doy con una— introdúcela en el falso agujero de carcoma que has detectado.

Belén sigue mis indicaciones, intrigada. La aguja no penetra muy profundo y enseguida hace tope ya que el canal de entrada no es recto.

—¿Ves? Si el agujero de la carcoma fuera falsificado, se haría con una broca milimétrica y sería un canal recto. Si la aguja no entra más que unos milímetros es que el canal gira y ha sido hecho por xilófagos.

Las tres me miran con admiración. Cristina resume la situación:

—Pues es una réplica, la carcoma no ha podido tener tiempo de atacar una copia recientemente realizada. Ha tenido que ser tallada hace ya bastantes años para que la carcoma la haya atacado, aunque sea levemente. Además, la policromía parece sucia y avejentada, impropia de una copia realizada recientemente.

—Por cierto —dice Belén— llegó el análisis de los pigmentos, no son de época, son actuales. La réplica ha tenido que ser realizada no hace más de cincuenta años, los pigmentos son prácticamente los mismos que tenemos en el taller.

Ahora ya sé que la talla es falsa y que la falsificación se hizo hace tiempo.

Cambiamos de tema y las chicas me ponen al tanto del

trabajo que han ejecutado. Trabajan rápido y el retablo está casi terminado. Apunto porcentajes de realización y antes de despedirme les pregunto:

—¿Sabéis si va a venir por aquí Rodrigo, vuestro jefe? Tengo unos cuantos documentos que pedirle.

—Sí, vendrá, no creo que se fíe del todo de nosotras. Dime lo que necesitas y le digo que los traiga cuando venga.

Quiero ver a Rodrigo. Me he dado cuenta de que por su edad y su oficio bien pudiera ser el que ha realizado la réplica de la talla, aunque me resulta imposible creer que cualquiera de las tres Marías haya sustituido el original por la copia.

Es extraño, me digo, hacer una réplica para hacer el cambio muchos años después. No tiene mucho sentido.

Me acerco al que debe ser el carpintero, que aún no conozco. Me presento y me dice que de momento está restaurando la escalera de acceso al coro.

—La arreglo sin desmontarla, ya que debo dejarla en todo momento transitable, si no, el organero no podría realizar su trabajo. Esto va a ralentizar mi trabajo.

Señalo las sillas de los fieles hasta arriba de serrín junto a la sierra combinada que ha instalado bajo el crucero.

—Limpiarás todo esto en algún momento —le digo regañona.

Me explica que limpia todos los sábados porque el párroco sigue oficiando misa los domingos.

—El organero también usa la combinada.

En ese momento llega don Domingo que no parece indignado por el desmadre que hay en el templo. Me dice que ha contratado electricidad de obra, aconsejado por Gustavo, y que eso ha permitido instalar la sierra combinada y un pequeño horno para el vidriero lo que le permite retocar algún vidrio en la misma iglesia.

¿No está tentado de expulsar a los mercaderes del templo? Me imagino por un momento a don Domingo volcando las mesas y expulsando a todos los de la obra, pero me parece que él no es un párroco espiritual, ni visceral. No me contesta y pasa a otro tema:

—Voy a subir al coro a ver a Gustavo —me dice— supongo que es tu próxima etapa, ¿me acompañas?

Subimos por un estrecho paso que ha habilitado el carpintero en la escalera que está restaurando.

Nos encontramos con el organero y su retahíla de niños ayudantes del pueblo. Ahora parece que se lleva muy bien con el párroco al que saluda amablemente. A mí no tanto.

Hablo de generalidades antes de pasar al tema que me concierne ahora: Le pido los papeles de alta en la seguridad social de sus empleados para adjuntar al expediente. Pone gesto de fastidio y me dice que trabaja solo.

—Me ayudan los chicos del pueblo, pero no creo que tenga que darles de alta —me dice con ironía.

—En tu contrato dice que trabajas con tres operarios.

—Eso es harina de otro costal. Yo he dado un precio y realizo el trabajo como quiero.

Le explico que en el presupuesto aprobado se incluyen los jornales de cuatro personas.

—Aquí llueve sobre mojado. Ya me volvieron loco para que aceptara un presupuesto elaborado por la Consejería.

—Si solo figuras tú como trabajador dado de alta, no puedes cobrar por el trabajo de cuatro operarios. El presupuesto forzosamente tendrá que ajustarse a un solo trabajador y a menos horas de trabajo. Tú verás. Para mí sería un lío espantoso y para ti sería la ruina.

Solo me faltaba explicárselo con los verbos en infinitivo, como los indios, para ver si lo entiende.

El organero se sulfura, voy a tener que salir pitando.

—No quiero abrir el melón del contrato que me hicieron firmar —dice visiblemente nervioso y con los ojos inyectados en sangre—. Todo es un cúmulo de irregularidades.

Yo no tengo porqué aguantar estos desplantes, me encamino a la escalera diciéndole que voy a consultar con la

Consejería. El párroco sale detrás de mí intercediendo por Gustavo:

—Intenta arreglarlo, es importante para él.

—Lo tendrá que arreglar él. Yo solo voy a consultar, pero debe poner algo de su parte.

Sigo bajando visiblemente molesta. El organero pasa ahora a la amenaza:

—Hay un antes y un después de tus peticiones. Me voy y abandono esta restauración.

Me sigue refunfuñando. Los niños se bajan a jugar al fútbol y don Domingo intenta razonar con Gustavo.

Vuelvo a mi pensión cruzando un pueblo desierto. Los campos que nos rodean, yermos ya, sin cereal, presentan un aspecto desolador.

Cuando llego a mi pensión lo primero que hago es llamar a Lara. Más que nada para desahogarme, me ha sentado fatal la actitud del organero. Le cuento lo que ha pasado y Lara me dice:

—Mañana es Nochebuena. ¿Dónde vas a pasarla? ¿En familia?

No había caído en tan señalada fecha y se lo digo.

Lara insiste un poco en que vaya a Valladolid a descansar unos días y me invita a dormir en su casa.

—Creo que me quedo aquí. Cenaré con la legionaria. Estoy muy liada para desplazarme.

No insiste y pasa al tema de Gustavo, que es por lo que llamaba:

—Es mejor que lo sepas. Pasó algo raro con él. En principio estaba previsto que hiciera la obra otro organero de Zamora que se había desplazado a ver el órgano y nos hizo un estudio detallado de lo que había que arreglar y un presupuesto acep- table. Poco antes de firmar, nos llega la orden de que debe ser sustituido por Gustavo y como no hay tiempo material de que haga su estudio y su presupuesto, lo forzamos para que asuma el presupuesto que teníamos anteriormente. No le dio tiempo ni siquiera de ver el órgano antes de la inauguración de la restauración.

—¿De dónde venía la orden?

Del obispado.

—¿Y no puso objeciones a esta encerrona?

No podía. Esta es la otra cosa que debes saber. Gustavo está desde hace tiempo en bancarrota. No paga la seguridad social de sus empleados, ha tenido juicios, despidió a uno con la excusa de que le había robado material… en fin un desastre auténtico.

Vaya panorama, me pregunto cómo lo puedo resolver. Respecto a mis pesquisas sobre el robo, aunque el organero tiene motivos para robar la talla, vista su situación económica, no parece que haya tenido la oportunidad de hacerlo. Se supone que visitó la iglesia por primera vez el día que comenzó la rehabilitación, y eso le descarta de ser autor del robo.

Comienza a intrigarme que todos los contratados en la obra sean más o menos delincuentes. Esta restauración parece un centro de rehabilitación de desalmados. Me doy cuenta con horror que yo tengo también una mancha en mi historial, que seguro que conoce la junta de Castilla y León. El maldito Ruggeri me involucró, hace tiempo, en sus negocios dudosos y fuimos a juicio por sus tejemanejes. Se arregló todo, pagamos unas multas cuantiosas y cambiamos de pueblo. Aquello fue en Madrid.

Todo parece indicar que seré la siguiente sospechosa. Me imagino al obispo corriendo por el claustro explicándome todos los fallos de mi carrera:

«Cristina, la coordinadora de la obra. ¡Vaya historial! Tiene un novio delincuente y tuvieron que pagar una cuantiosa multa por los desfalcos que hicieron. Tienes que investigar a ver si has sido tú, Cristina, quien ha robado la talla románica.»

Tendré que investigar sobre mí. Creo que soy la culpable perfecta. Además, acabo de separarme aunque esto no lo sabe el obispo. Lo aportaré como primicia y muestra de mi buen hacer.

Paso una Nochebuena muy tranquila con la legionaria que abre una botella de cava para las dos. El pueblo está desierto.

—He cocinado un lechazo que es lo que se estila aquí en Palencia para esta época. En la legión lo clásico de Navidad es el cabrito.

No sé si me está tomando el pelo y por si acaso solo contesto con un gruñido.

—Menos mal que don Domingo se ha ido a pasar la Navidad con su madre que está en la residencia. Generalmente me toca cenar con él y no es la compañía ideal.

Me cuenta su vida en África y lo pasamos muy bien. Nunca me ha gustado la Navidad. Mi mejor recuerdo de estas fiestas es el de un año en que estuve en cama con unas anginas feroces, sin ver a nadie. Decido hacer lo mismo, pero sin tener anginas y transcurren unos días difusos en que apenas salgo de la cama. Hace un frío bestial.

Una mañana,me anuncia que estamos en Nochevieja.

—Esta noche viene generalmente mucha gente a la taberna y estará muy animada.

Con tan inmejorables perspectivas, bajo a cenar para reponer fuerzas y cambiar mi pensamiento obsesivo. Me apetece distraerme un poco. Me pregunto si existe alguien en este pueblo que pueda hacerme olvidar la grisura de mi existencia.

Hay unos cuantos parroquianos y la tele está puesta a bastante volumen.

Me encuentro a don Domingo instalado en una mesa con una botella de vino y un vaso delante de él. Otro que no debe estar en el mejor de sus momentos.

# 16

El pasado domingo, don Domingo no quería levantarse. Ni el anterior, ni probablemente querrá hacerlo el siguiente.

El reloj de la iglesia dio los cuartos, ya le estaba llamando. Tenía el tiempo justo para ir al bar a desayunar. Se puso encima del pijama la sotana que dejó ayer, arrugada, sobre la silla.

Solo había un bar en el pueblo. Pensó resignado en el olor torrefacto del café que le esperaba.

—Buenos días don Domingo, ¿lo de siempre?

—Hija, te tengo dicho que me llames padre Domingo.

¡Cuántas veces había dicho a los escasos habitantes de este pueblo que no le llamasen don Domingo, que sonaba al repique de las campanas! Pero no había manera, era como si no lo oyeran.

La misa era a las nueve. Tanto madrugar, para luego no tener nada que hacer en todo el día. El sermón no le preocupaba. Hacía tiempo que había decidido comentar el evangelio del día comparándolo con alguno de los pecados capitales. Se lo sabía de memoria y lo contaba sin prestar atención a lo que decía. No en vano llevaba haciéndolo años y años.

Escribía los sermones evitando a toda costa cualquier paralelismo con la situación del momento. No tenía sentido hablar de lo que no querían oír. La gente progresista, más preocupada por los temas actuales, aunque alguno había en el pueblo, no iba a misa.

No le preocupaba que los fieles pudieran detectar que repetía el mismo sermón año tras año. Le constaba que nadie escuchaba lo que decía. Los parroquianos, escasos, eran los de siempre.

Terminó la misa y se acercó de nuevo al bar. Se cruzó con dos del pueblo de rostro inexpresivo que lo saludaron casi por obligación. Cada vez le sabía peor ese café requemado y sopesó quitar de su costumbre el café de media mañana, pero sabía muy bien que no lo iba a hacer. También sabía exactamente lo que iba a hacer a lo largo del día. Nada interesante, otro día más con la misma rutina. Las campanas repicaron en su cerebro de nuevo, tenía que volver a la iglesia por si alguien quería confesar.

No había manera de absolver un pecado interesante, siempre las mismas monsergas sobre pequeñas envidias pueblerinas. Tenía a dos ancianas esperándolo y al verlas supo enseguida lo que le iban a contar. Estuvo tentado de poner una penitencia desmesurada, simplemente por lo aburrida que le resultaba la confesión, pero no lo hizo, en el fondo le daba igual.

Antes de ir a comer, releyó la carta que llevaba en el bolsillo enviada por el obispo. La releía todos los días, quizás para cerciorarse de que estaba condenado a permanecer en este pueblo durante una eternidad. Su petición de traslado a una parroquia mayor había sido denegada.

Sonaron las dos y se encaminó al bar de la legionaria que estaba vacío. El olor a cerdo con pimentón le revolvió el estómago. Casi siempre ponían lo mismo. A veces lo llamaban chichas y otras lo llamaban picadillo, pero era lo mismo. Mordisqueó un trozo con desgana y pidió un café antes de volver a su casa para echar una siesta.

Estuvo un buen rato tumbado en la cama, boca arriba, sin dormir, sin pensar. Simplemente dejando pasar el tiempo.

No tenía presente y su futuro se confundía con el presente. Respecto al pasado, había hecho un gran esfuerzo por olvidarlo.

A la caída de la tarde, como siempre, fue a dar un paseo por la vereda del pueblo. Esperaba no encontrarse con nadie. El paisaje, llano hasta el horizonte, con campos de cereal amarillento, le ratificó lo que hacía tiempo que sospechaba: Dios no existía.

# 17

Decido acompañar a don Domingo en esta fecha tan señalada. Puedo perfectamente cambiar el sexo por el alcohol. Siempre podemos beber a muerte y así de paso le sonsaco algo sobre el mundillo de la obra. Según me acerco, tengo de pronto la intuición de que, bien pensado, pudiera ser el culpable del robo o por lo menos el cómplice de quien lo haya realizado.

Me siento junto al párroco que sin decir palabra me sirve vino, me llena el vaso hasta arriba. Es un vino estupendo. Miro la etiqueta y veo que es no portugués de la zona del Dao.

—Está muy bueno, la legionaria nunca me ha ofrecido algo de esta categoría.

—Claro, la legionaria solo tiene vinos muy dudosos. Este es mío y se lo dejo en depósito para cuando me apetece beberlo. Hoy es uno de esos días.

Tengo la impresión de que está en unos de esos momentos en que se quiere sincerar, hacer confidencias, soltar el peso de algún secreto que le carcome.

Vuelve a llenar los vasos y pide otra botella con unos torreznos para acompañarlo.

—Lo traigo de Portugal —dice, señalando la botella— todos los años organizo un viaje con mis fieles a Fátima, ya sabes, la Virgen que se apareció a unos niños pastores, y aprovecho para aprovisionarme. Es una zona de buenos caldos, como puedes ver.

No soporto a la gente que llama caldo al vino, como hacía Ruggeri, pero lo dejo pasar.

Hoy el párroco está muy locuaz y efectivamente, no pasa por el mejor de sus momentos.

Me cuenta que está deseando que termine todo el desorden que supone la obra para seguir con su vida tranquila.

—El lío que se ha organizado con la aparición de la talla de la Virgen falsa va a retrasar el final de la obra —vaticina— a ti seguro que te han encargado que lo investigues, lo sé porque te pasas el día haciéndome preguntas al respecto. Ahora parece que el sospechoso es el organero y no puedes estar más equivocada.

Se sirve de beber de nuevo y pide más torreznos a la legionaria. Nos los hemos liquidado en un abrir y cerrar de ojos.

—A Gustavo le pasa como a mí, hemos tenido una juventud muy difícil. Pero de mi vida no sabes nada y por eso te la voy a contar.

El párroco ha llegado a ese momento en que la bebida le suelta la lengua sin remisión.

—Mi padre era un original y un pendenciero. Jugaba a las cartas en el bar del pueblo y así perdió las pocas tierras y vacas que teníamos. Era un exaltado y llevaba una existencia muy desordenada. Daba muy mala vida a mi madre, pero finalmente murió dejándonos en la miseria más absoluta debido a su afición por el juego. Estaba lleno de deudas. Por su culpa, fui enviado al seminario porque mi madre no tenía medios para mantenerme y pensó que allí podría, no solo comer, sino también estudiar.

Me llena de nuevo el vaso de vino y de paso también el suyo. Vamos a acabar enfermos.

—Toda mi vida me he ocupado de mi madre y siempre rehuimos lo que nos pudiera recordar a mi padre. Ahora ella está en una residencia con síntomas de demencia senil, pero voy a verla todas las semanas. Igual que tuve que ir al seminario para poder aprender a leer, ahora mi madre debe ir a un centro en donde le enseñan a no olvidar.

Por eso, por este pasado me siento identificado con el organero y te pido que facilites su reincorporación. Es una persona muy colérica, pero necesita terminar este trabajo. Las aguas deben volver a su cauce.

—Esto es harina de otro costal, pero estoy de acuerdo en que es mejor que termine su trabajo.

Por un momento se nos ha pegado el habla de Gustavo.

El párroco sigue contándome su vida:

—A los dos el pasado nos duele y lo malo es que sigue afectando a nuestro presente. Pero yo no lo distorsiono, era duro y no quiero regodearme en su recuerdo, al contrario, siempre he buscado disculpas a mi madre, a mi padre, al país, a la pobreza de campo yermo de la zona. El organero, en cambio, no para de darle vueltas a su pasado, que tampoco es para tanto. Exagera las afrentas recibidas que alimentan su odio, que es el motor de su vida. A más odio más vida, a más desgracias ocurridas más odio. Creo que ya no distingue entre la realidad de su pasado y la realidad de sus pensamientos. Sus recuerdos están absolutamente mediatizados y corruptos. Por eso tenemos que ayudarlo.

—Haré lo que pueda —digo conciliadora.

—He reconocido en Gustavo rasgos de mi temperamento y lógicamente soy condescendiente con él: se achanta cuando hay gente, su personalidad se esconde y no florecen las ideas. Solamente cuando está solo saca lo mejor de sí mismo ya que no depende de nadie. Ambos en la soledad nos superamos a nosotros mismos —balbucea el párroco al que apenas entiendo lo que dice—. Creo que pudiera tener saturnismo ya que siempre fuma mientras sopla los tubos de plomo y debe tener mucho en la sangre. Eso influye en su carácter. Todo apunta a que tiene trastornos de personalidad y hay que ser transigente con ello.

—Ya me parecía un tanto asocial —digo, pero veo que se le tuerce la cara—. ¿Qué tal fue la experiencia del seminario? —pregunto para cambiar de tema.

—Estuve en el de Palencia y allí coincidí con el actual obispo, que ya conoces. Entonces éramos compañeros de clase y proveníamos del mismo pueblo castellano. Pero ninguna coincidencia más. Él era de buena familia. Tenía fama de altanero, pero conmigo se portaba muy bien. Le gustaba pasear por los caminos alrededor del seminario. Yo le acompañaba muchas veces, pero casi no hablábamos.

Ya apuntaba a obispo. Era diferente a los demás. La mayoría de los seminaristas estábamos ahí porque era la única manera de estudiar sin gastos. Proveníamos de familias pobres que querían lo mejor para sus hijos. Algunos se salían al acabar los estudios, pero otros no, el hombre es un animal de costumbres y terminábamos por coger el hábito, costumbre, y el hábito, vestidura. En general se nos notaba la burricie igual que se nos notaba la mala alimentación de la infancia.

Eusebio, que así se llamaba, había sido bien alimentado y tenía una mente privilegiada. Nadie supo nunca nada de sus orígenes, ya que era una persona muy reservada. Tampoco tenía amigos, aunque se llevaba más o menos bien con todo el mundo. Parecía mayor de lo que era, quizás por su excesiva seriedad. No era un chico desagradable pero apenas se juntaba con sus compañeros. Algunos lo encontraban arrogante, pero era una impresión quizás exagerada. Él era muy buen estudiante y tenía una elevada capacidad de razonamiento.

—Una buena alimentación supone un mayor desarrollo intelectual —digo, para cortar la deriva sensiblera que está tomando el relato del párroco.

Me mira con algo que pudiera ser odio, he tocado su fibra sensible. No obstante, insisto:

—Es una evidencia científica.

—Ingresamos en el Seminario Menor a los doce años. Éramos muy afines a pesar de ser muy distintos. Compartíamos el mismo apellido y lugar de procedencia. Nos unía más el apellido común ya que allí todo se rige por la lista alfabética. Solo yo supe que Eusebio no creía en Dios.

—¿Por qué no se salió del seminario?

—Aunque no tenía vocación, al igual que no la tenían ninguno de mis compañeros, permanecí por pereza, por la vida fácil, a fin de cuentas, la iglesia me aseguraba mi manutención, y además siendo amigo del futuro obispo… las cosas deberían haberme ido bien.

—¿Pero sabía que iba a ser obispo?

—No, pero apuntaba maneras. Era muy bueno en teología y después aportó dinero para muchas causas. Supongo que provenía de su familia. Sabía lo que se hacía. Un hombre santo —dice levantando los ojos hacia al cielo.

—¡Anda ya! Si me ha dicho que no creía en Dios.

Pide otra botella de vino y más torreznos. Vamos a terminar con lo poco que queda de nosotros.

—Siempre me ha protegido, pero no es fácil estar a su sombra —prosigue hablando el párroco como un carrete sin fin— él me dio este destino, pero ahora me gustaría cambiar de parroquia y no me lo concede. Debido al hundimiento de la cubierta, para oficiar mis misas estos últimos años, he tenido que desplazarme a los dos pueblos más cercanos, Fuentes de Nava y Abarca de Campos. Un domingo en cada pueblo. Están cerca y puedo ir en bicicleta y en ambos casos tengo que cruzar el canal de Castilla. Llevo tiempo con la sensación de estar de prestadillo. A ver ahora que termina la restauración si ya puedo tener mi parroquia disponible. Pido el cambio todos los años, pero no me hacen ni caso. Creo que me siguen castigando por lo que hice.

Parece que comienza a desvariar, no obstante, pregunto curiosa:

—¿Qué hizo?

—Fue hace tiempo. El caso es que ninguno de nosotros con los que compartí el tiempo en el seminario, creíamos en los votos que habíamos profesado. Era joven, la tentación de la carne, la legionaria, te puedes hacer una idea.

—¿Pero cómo lo supo el obispo?

—Fui un ingenuo. Me arrepentí y me confesé con él. Desde entonces estoy a su merced. Recuerdo siempre las palabras de mi padre: «No te fíes nunca de un cura», y tenía razón. A él le hubiera horrorizado, y se hubiera opuesto a que fuera al seminario e hiciera carrera eclesiástica.

«Caramba con el mundo subterráneo de la iglesia. Dan más palos que en un consejo de administración», pensé.

Siento que ahora es el momento de apretarle. El párroco ha bajado la guardia y creo que sabe mucho más de lo que trasluce.

Terminamos la última ración de torreznos y apuramos el vaso de vino.

—¿Quieres saber lo que ha pasado con la Virgen del pueblo? —me dice de sopetón— ven acompáñame a la sacristía y te lo muestro.

Dudo, está borracho pero los borrachos dicen las verdades.

Salimos, hace frío y no se ve casi nada. Parece que va a nevar. Don Domingo tiene un andar fatigoso y decido seguirlo en vez de ponerme a su lado. Le cuesta atinar con la llave del portalón de la iglesia y cuando voy a ayudarlo, noto cómo intenta pegar su cuerpo al mío. En un ejercicio de habilidad prodigioso, visto mi estado, consigo abrir la puerta y zafarme de su intento de restregarse contra mí.

Enciende la luz y comienza a desvariar y enseguida llego a la conclusión de que no voy a conseguir que me cuente algo interesante, solo quiere intentar desfogarse conmigo.

Le hago preguntas concretas sobre la iglesia y la talla de la Virgen, pero no me dice la verdad y evita llegar al fondo de la cuestión.

Es cuando decido comprar sus palabras. Se encamina hacia la sacristía y lo sigo. Ya dentro, le empujo contra una mesa, y sin decir nada le remango la sotana buscando su pito que casi no encuentro. Desde una prudencial distancia, lo agito como si estuviera haciendo mayonesa con la batidora y siento que enseguida cuaja.

Su apoteosis coincide con el inicio de año. Se oyen petardos y cohetes.

Me limpio la mano en su sotana, que ha tenido días más limpios, y le digo:

—Una y no más, Santo Tomas. A partir de ahora me cuentas todo lo que sabes y ocultas sobre este tema de la talla.

Siento que el párroco ha perdido toda su fuerza y está dispuesto a hablar sin descanso, aunque solo sea para irse a descansar. Desgrana su relato a modo de confesión, sacramento, que a fin de cuentas le es muy cercano.

—Me acuso de no haber visto lo que estaba bajo mis ojos.

»Explícamelo, hijo —dijo adoptando el papel del confesor.

»¿Sabes quién era el párroco de Santa Eufemia en Autillo de Campos cuando vine a sustituirlo?

Si me lo pregunta y solo conozco dos clérigos en la región, deduzco que debe ser el otro.

—El obispo de Palencia antes de ser obispo.

—Exactamente, don Eusebio Álvarez, como se llamaba entonces antes de ser Su Excelencia. Abandonó la parroquia cuando comenzó una carrera fulgurante que le llevó al obispado. Fue cuando me llamó para que me hiciera cargo de ella.

—¿Y qué es lo que no habías visto?

—No entendía por qué tenía que tener la iglesia medio cerrada y el retablo a oscuras. Prohibió también que se sacara la Virgen en la romería de mayo, como era tradición. Todas estas medidas han mermado mi popularidad en el pueblo donde la gente es muy devota de la talla.

Le pregunto si insinúa algo, pero es un error. Se cierra en banda, se arregla la sotana y me dice que me vaya, que él se queda rezando. Estoy a punto de ponerlo en duda, si no cree en Dios, cómo va a rezar, pero me callo. Es el momento de la retirada.

Me encamino a mi alojamiento, atravesando el pueblo a oscuras, salvo por la tenue luz de una farola lejana que alumbra en su haz de luz lo que parece aguanieve, nieve fina o lluvia gruesa. Se sigue oyendo un ruido lejano de petardos. Me acometen unas arcadas repentinas y devuelvo en una esquina. Deben de ser los torreznos.

# 18

Paso muy mala noche con los regüeldos de los toreznos que me vienen por oleadas. En vista de ello, decido seguir el día leyendo en la cama. Después de un prolongado sueño reparador, me levanto para cumplir con mi deber, es un día laborable y me espera el trabajo.

Pospongo el momento del análisis de las palabras del párroco. Prefiero seguir con la rutina de mi trabajo para evitar agravar mi estado todavía algo resacoso. Aspiro a tener un día de rutina, sin sobresaltos.

Me llama Lara para interesarse por mí.

Le cuento cómo pasé los días de Navidad.

—¿La Nochebuena a solas con la legionaria? No me lo puedo creer. Empiezo a sospechar que hay algo entre vosotras.

—No te digo que no. El fin de año lo pasé con el párroco.

—¡Qué barbaridad! Sí que es un pueblo animado. No sé qué hago aquí en Valladolid con la familia, habiendo planes tan atractivos.

—No creas, me he enterado de muchas cosas. Tengo la sospecha de que el robo de la talla lo cometió don Eusebio cuando era párroco aquí en Autillo.

—¡Qué fuerte! ¿Cómo lo has sabido? ¿Se lo has sonsacado al párroco?

No pienso contarle a Lara mi experiencia con el párroco y lo dejo en un enigmático comentario:

—Tenía el día tonto —sin especificar quien lo tenía, si el párroco o yo.

Quedamos en que se acerca a Autillo, a lo largo de la semana, para que la ponga al tanto de todas mis pesquisas.

Me acerco a la iglesia con la esperanza de no encontrarme con el párroco que me trae malos recuerdos.

En el exterior parece que ya queda poco trabajo. Están limpiando la piedra de la fachada con un chorro de agua a presión que lo deja todo perdido.

Me voy al interior huyendo de las salpicaduras. Afortunadamente no se ve al párroco. Sí que me encuentro con el organero que tiene un buen día. Me entrega unos papeles justificativos de lo que le había pedido que tienen toda la pinta de ser falsificaciones, pero ese no es mi problema. Los recojo, los pongo en mi carpeta de atrasos y le doy las gracias. Me dice que está a punto de terminar y se muestra muy orgulloso de la restauración del órgano. Ahora está armonizándolo, que es un trabajo arduo y ruidoso. Me explica en qué consiste esta última etapa que, como su nombre indica, supone armonizar todos los juegos del órgano. ¡Un guirigay! Tiene a un niño del pueblo, no declarado, con el dedo pegado en la tecla que le va indicando. Otro niño va abriendo y cerrando los diferentes registros, también según indicaciones del maestro organero, que mientras tanto, ajusta las lengüetas de los tubos para afinar el sonido. Visto el número de tubos y de juegos parece un trabajo infinito.

El carpintero está dando los últimos retoques. Se ha llevado ya la sierra combinada y la iglesia tiene un aspecto mucho más aseado. El vidriero está dando un líquido de protección a sus vidrieras. El conjunto ha quedado magnífico.

Dejo para el final lo más grato, la visita a las Marías.

El retablo está reluciente. Las tres chicas están limpiándolo con un paño con gestos delicados, muy distintos de los que yo utilizo cuando limpio en el hogar.

Cristina deja lo que está haciendo:

—¿Te gusta como ha quedado?

—Fantástico —digo de corazón.

Me da una carpeta.

—De parte de mi jefe, Rodrigo. Son parte de los papeles que pediste. Dice que ya verá qué hace con lo que falta. Que no puede venir y que pides demasiado. Que con otros eres más tolerante. Se puso hecho un basilisco cuando le transmití tu petición.

—¿No puede o no quiere venir? —digo maliciosa.

—Viene a ser lo mismo. Echa un vistazo a lo que te he traído y me dices lo que falta para que se lo comunique.

Me quedo a un lado, contemplando el retablo restaurado. Comienzo a sospechar que fue Rodrigo quien hizo la copia de la talla románica. Es escultor y debía de andar por esta zona en los tiempos en que don Eusebio era el párroco. De ahí, su alergia a aparecer por aquí. Recuerdo que las Marías me dijeron que había teca en su taller y también pigmentos similares a los utilizados.

—Cuéntame cosas de vuestro taller ¿es la primera vez que trabajáis en Tierra de Campos?

—Nosotras sí, pero creo que nuestro jefe ya ha barrido mucho esta zona. Creo que incluso estuvo hace años aquí mismo en Autillo.

—¿Dónde tenéis el taller?

—En Palencia, en el polígono de Villalobón.

—Creo que me voy a acercar. Está a una distancia asequible en mi Vespa. ¿Puedes avisar y preguntar cuándo viene bien que pase por allí?

—Por supuesto.

Le pregunto más cosas sobre el taller y sobre Rodrigo. Parece ser que cuando le contó el descubrimiento de que la talla era falsa, montó en cólera. Laura, parece traslucir un cierto malestar con él porque no se interesa lo más mínimo por el trabajo que llevan a cabo en Autillo. Parece más interesado en saber quién va o deja de ir a la iglesia. Todo esto me lo dicen veladamente, pero yo lo entiendo. Son buenas profesionales y su jefe, podría al menos preguntar sobre cómo va el trabajo.

—Habéis hecho una labor estupenda —les digo para que no sufran.

Al salir veo que aún siguen utilizando el chorro de agua para limpiar la piedra de la fachada y me alejo deprisa para evitar las salpicaduras.

Ya en mi habitación dedico la jornada a poner al día las certificaciones. Esta obra está a punto de terminar. Las últimas mediciones son más complicadas porque tengo que retener pagos durante unos meses. Es curioso, la gente, en general, no lee la parte del contrato que le perjudica, y las retenciones a final de obra no son agradables, sobre todo si no las tienen previstas. Recuerdo una ocasión, hace tiempo, en que la administración quería poner fuertes penalidades por retraso o demora en la entrega de la obra. Una empresa de rehabilitación me dijo que las aceptaba, siempre y cuando le dieran una gratificación si terminaba antes del plazo. La administración dijo que sí y el contratista puso mucho empeño y terminó unas semanas antes de lo previsto. Con esa maniobra ganó un dineral. Fui presionada por la parte contratante, la administración, para que pusiera pegas a la entrega y no facilitara el final de obra, pero me negué en redondo. En el fondo me parecía un trato justo y una vez más, se demuestra que la gente no lee lo que le puede perjudicar.

Me subo un emparedado de jamón y queso a mi habitación para seguir, sin descanso, con mi tarea. Tengo ganas de terminar.

La legionaria me sube también una estufa de butano porque el frío es intenso. Es una de esas que suelen causar intoxicación con monóxido de carbono ya que consumen el oxígeno de la atmósfera. Por si acaso, dejo la puerta que da a la escalera abierta. Llega ruido de abajo y se escapa parte del calor pero evito el peligro de morir intoxicada. Ahora que estoy tan cerca de desentrañar el robo de la talla románica, no quisiera morir bajo ningún motivo.

Cuando bajo al bar a cenar, una vez que he terminado con mi trabajo, me dice la legionaria que una de las Marías, no sabe cuál exactamente, le ha dejado aviso de que mañana por la mañana es buen momento para ir a ver a Rodrigo.

—No hemos querido molestarte, ya que tienes tanto trabajo.

Amanece un día helador. Veo por la ventana que el sol no consigue abrirse paso entre la niebla que cubre la tierra hasta el horizonte.

Desayuno y salgo para comprobar que, efectivamente, hace mucho frío. El invierno en Castilla es terrible.

Recuerdo algo que leí sobre las islas griegas, muy frecuentadas por extranjeros debido a sus innegables atractivos. Allí consideran que eres uno de ellos si pasas un invierno entero en la isla. Si solo vas en verano no dejas de ser un turista más.

Con la moto pasa igual. Se es motero si la utilizas también en invierno. Si la usas solo en verano, perteneces al grupo de los cantamañanas motorizados.

Me pongo un pañuelo en el cuello y cierro la cazadora hasta arriba. Remato con el casco bien calado. Voy bien abrigada. Yo sigo yendo en moto a pesar del frío. Soy una auténtica motera. Solo la lluvia me echa para atrás, pero es sobre todo porque la Vespa con lluvia es muy peligrosa.

Si me da tiempo, después de hablar con Rodrigo, podría ir a ver al mecánico de la tienda en donde compré la moto. Buscaré una excusa y me daré una alegría. Aspiro el aire helado y me llega al recuerdo del olor a grasa que tanto me excita, seguramente porque soy una motera empedernida.

Localizo sin problemas el polígono industrial y pregunto por el taller de Rodrigo que responde al original nombre de taller Rodrigo Adámez, que obviamente es su nombre.

Es una nave algo descalabrada que ha debido pasar por mejores momentos. Compadezco a las Marías cuando tengan que volver aquí, no parece que este sitio tenga calefacción. Hay un portón de entrada que está cerrado. Giro el picaporte, pero sin resultado. Golpeo con el puño, pero no parecen oírme. Rodeo la nave por si hubiera alguna otra entrada, pero no es el caso. Cojo un ladrillo que hay delante de la nave y lo utilizo para golpear dramáticamente el portón. Siguen sin abrirme, pero se asoma una persona de la nave vecina intrigada por el estruendo que estoy armando. Golpear una puerta de chapa con un ladrillo es muy, muy, ruidoso.

Me voy enfadada e intrigada. Me ha parecido ver luz en el interior bajo la puerta y también creo haber oído algún ruido, aunque de esto último no estoy del todo segura.

Todo parece indicar que no quieren abrirme. Me parece una broma de muy mal gusto hacerme venir hasta aquí, en pleno invierno, para darme plantón.

Decido ir de visita al taller de motos y ser inflexible con Rodrigo con respecto a su papeleo.

Callejeo por las calles de Palencia hasta llegar a mi destino. He pensado decir que quiero una bujía. No sé bien para que sirve, pero me suena que es una pieza de la que se llevan repuestos en las motos.

Hay suerte, nada más entrar, me topo con el efebo de la grasa. Mejor aún, me reconoce.

Me pregunta por la moto, a fin de cuentas, es lo que nos une. Le digo que todo va bien y lanzo mi petición:

—¿Podrías darme una bujía?

Enseguida aclaro, no fuera a pensar que la quería de gorra.

—Me refiero a vender.

—¿Quieres que la cambie? ¿Te falla el encendido?

—No, es solo por si acaso. Prefiero llevar los repuestos necesarios en el cajetín —digo en plan entendida.

Me mira con una sonrisa burlona. Me temo lo peor. Me doy cuenta de que una bujía se presta a todo tipo de malentendidos de tipo sexual. Es un objeto fálico, que se introduce y la moto carbura, en fin, me he metido en un jardín y el mecánico guaperas no va a poder evitar hacer jueguecitos de palabras a mi costa. Creo, además, que se me nota mucho que no tengo ni idea de lo que es y para qué sirve una bujía.

—Te voy a dar una llave para cambiarla por si te hiciera falta.

Y me da un objeto, de aspecto curioso.

Me mira preocupado:

—¿Sabes cambiarla? En cualquier caso, has acertado con el repuesto más útil. Es lo primero que falla en la Vespa, las bujías se engrasan.

—Bueno, improvisaré...

—Mira, abres el cófano derecho y enseguida la verás.

—¿Cófano?

Se ríe y de pronto cambia de tema:

—Oye, ¿te apetece venir a la concentración de los pingüinos? Es en Valladolid el próximo fin de semana. Hay muchos moteros de todos lados y cantidad de Vespas. Es como un festival de música, pero con motos y en invierno. Lo podemos pasar muy bien, hay muy buen ambiente. Yo voy todos los años.

La propuesta suena muy sugerente. Puedo volver a Palencia de nuevo, y aclarar todo el asunto del robo de la talla con el obispo. Ya estoy harta de tratar con intermediarios. Es el momento de tratar con el jefe, o como diría Gustavo: coger el toro por los cuernos.

Como es muy probable que salga escaldada del encuentro con el obispo, no se me ocurre nada mejor que después de nuestra entrevista, acudir a un festival de moteros bajo temperaturas extremas con el efebo de la grasa para, precisamente eso, desengrasar.

Le digo que sí con la mejor de mis sonrisas. Le pregunto por la logística y me dice que tiene una tienda tipo vivac, que se acampa en un pinar, que lleva una parrilla, instrumento indispensable en este tipo de eventos, y que quedamos en la puerta del recinto el viernes a las doce.

—Es indispensable ir en moto, llegarás en una horita… si no te falla la bujía.

En ese momento, le interrumpe un cliente.

—Quedamos pues en la puerta de entrada del recinto de los pingüinos. Los moteros quedan de manera informal, que en el fondo es mucho más formal. No se puede fallar porque no tenemos nuestros teléfonos.

Me despido, pensando en un fin de semana intercambiando piezas de moto con los mayores bichos raros del mundo, pero durmiendo pegadita a él en la mini tienda de vivac para quitarnos el frío, que debe ser espantoso.

—También llevo sacos de dormir para los dos, me dice a modo de despedida.

Un chico organizado. Me vuelvo al pueblo con un optimismo razonable ya que siempre me ha gustado la acampada. Me fastidia más la futura entrevista con el obispo, pero la ventaja que tiene el trato con su Ilustrísima es que siempre me lo da todo mascado, Seguro que esta vez, aunque el tema es un tanto enrevesado, será igual, Me pregunto cómo voy a hacer para lanzar mis acusaciones, sin tener pruebas, las cosas como son. Improvisaré.

# 19

Me agobia mi próxima entrevista con el obispo. Estoy llena de dudas y no sé muy bien cómo enfocar el tema. Salgo a pasear por los alrededores del pueblo bajo un frío extremo. Esta mañana hay escarcha que parece nieve y una niebla sobrecogedora a ras del suelo. Hablo en voz alta preparando lo que le voy a decir. Pienso que caminando con paso rápido, como hace él, es más fácil que me ponga en situación. Acelero mi paso y doy con una posible solución. Podría hablar del tiempo, del paso del tiempo en general para exponer después que la sustitución de la talla se hizo hace tiempo y no recientemente. De ahí a arrinconarle solo hay un paso, pero un paso muy grande.

Puedo también acusarlo directamente, ahora que estoy plenamente convencida de su culpabilidad, aunque me ha faltado hablar con Rodrigo que podría, al sentirse amenazado, delatar al obispo. Pero está claro que no quiere verme y me rehúye. No tengo ni tiempo ni ganas de insistir.

Es difícil que salga a relucir la verdad como lo es que la luz atraviese esta niebla espesa.

Puedo abordar el tema de la forma en que lo hace el clero lanzando insinuaciones, dejando caer algo, recogiendo velas, desplegándolas para recogerlas de nuevo, en definitiva, dando vueltas alrededor del mismo tema. El problema es que no sé si estoy preparada para semejante ejercicio de cinismo.

La legionaria me ve preocupada pero no suelto prenda de mis pesares. Menos mal que me cuida con platos esmerados que siempre se agradecen. Hoy me ha puesto alcachofas, ¡verdura después de tanto tiempo! seguro que tienen un efecto beneficioso sobre mi salud.

Aquí, en Tierra de Campos, las verduras seguramente se las den de comer a los cerdos y a los corderos. Eso explicaría su ausencia y la profusión de lechazos y de derivados del cerdo.

La restauración de la iglesia está casi terminada y ya se habla de la fecha de la clausura oficial. Parece ser que Pío quiere hacer un acto de final de obra similar al del inicio de la misma. De momento, ha venido el cretino del vídeo que está filmando el resultado de manera exhaustiva. He decidido no dirigirle la palabra porque me resulta muy cargante. Llegados a este punto una queja suya a su señorito sobre mi mala educación, no me supondría ningún problema.

Tengo todos los papeles del final de obra al día. Solo me faltan los documentos que no ha aportado Rodrigo, pero me da igual. Es más, me da cierta alegría el saber que le van a congelar los pagos hasta que los presente.

Veo el correo y la intensidad comunicativa de Ruggeri ha disminuido. Debe de estar desanimado ante mi falta de respuesta. Leo el asunto de sus escasos correos y ninguno me resulta atractivo. Por tanto, se quedan sin abrir.

Los documentos falsificados que ha presentado Gustavo, de momento, no han sido rechazados. Yo no he puesto pegas porque así me lo pidió el párroco, que a fin de cuentas me ha desvelado la verdad del robo y la sustitución de la talla. Me gusta ser agradecida, no como el organero, que ayer estaba recogiendo su material y en vez de despedirse como una persona normal, me echó una mirada negra llena de rencor. ¡Si supiera como le estoy cubriendo las espaldas!

El párroco, por su parte, sigue ausente. Debe de estar aún rezando para hacerse perdonar sus pecados de lujuria y gula. De vez en cuando me cruzo con él en la calle y nos damos un aséptico «buenas tardes», o «buenos días», según hayamos comido o no. Tiene el buen gusto de no coincidir conmigo en el bar de la legionaria. Es como si estuviera en periodo de ejercicios espirituales.

Llega un momento en que no me queda más remedio que ir a ver al obispo. Me parece de justicia desenmascararlo y defender el patrimonio artístico, en este caso una talla románica. Ya hay fecha para el acto del final de obra y me doy cuenta de que, una vez finalizada la restauración, ya no tendré excusa para ir a verlo. Además, quiero solventar este asunto antes del siguiente fin de semana que es la fecha en que tengo la concentración motera de los pingüinos.

Finalmente me decido a pedir cita. Llamo al obispado y no consigo hablar con el obispo, pero sí puedo dejar recado de que pasaré mañana por la mañana a verlo. Espero que no me deje plantada como lo hizo el escultor Rodrigo.

Me voy hecha un manojo de nervios y llego a Palencia más nerviosa todavía. No sé cómo enfocar la charla. Casi estoy deseando que el obispo esté ausente.

Me dirijo al claustro, y allí está él, como siempre, dando vueltas con su libro. Repara en mí y aminora un poco la marcha para que me incorpore al llegar a su altura.

Bien, ya vamos al mismo paso los dos, pronto pasaremos al trote para terminar al galope.

Creo que algo presiente y quiere agotarme para no dejarme hablar. Todavía ninguno de las dos hemos proferido palabra alguna. Seguimos así unas cuantas vueltas más hasta que gira dirigiéndose al centro del claustro y se para junto al pozo. Me quedo a su lado recuperando el aliento y me apoyo en el brocal. No es una postura muy digna y no parece que observe el debido respeto por Su Excelencia.

Con su mirada parece decirme que me incorpore pero no cambio de postura.

—¿Qué noticias traes del organero, tampoco fue él quien cometió el robo?

—No, tampoco. También he descartado al párroco don Domingo. Me he adelantado ya que supongo que sería el siguiente designado. Sin embargo, me ha dado información muy valiosa.

—Estás tomando muchas iniciativas. Has abandonado tu antigua prudencia.

No le sigo la corriente y sigo envolviéndolo con mi red. Quiero ver como lo pasa mal.

—Me he dado cuenta de que el error es centrarse en que el robo se ha cometido durante la restauración de la iglesia.

—¿Cuándo sino?

—Mucho antes. Hará por lo menos diez o veinte años.

Al obispo le tiembla el labio inferior. Me dice con saña:

—Eso es imposible. ¿En qué te basas para estar tan segura?

Decido ir de farol, no me queda más remedio.

—Me baso en el análisis de la madera y los pigmentos de la copia que he pedido a las ayudantes de Rodrigo. Me dan esa datación.

Parece que se lo ha tragado. Su semblante está cada vez más lívido. Decido seguir presionando.

—No entendía por qué todos los que intervienen en la obra eran posibles candidatos al robo. Ninguno es intachable y usted los ha puesto allí para poder endosarle el muerto a alguno de ellos.

—Efectivamente, y tú también puedes incluirte entre ellos. Me he entregado a un pequeño juego y tienes que perdonarme por ello. He querido juntar en la restauración a los siete pecados capitales, a ver qué pasaba. Don Alejandro Moltó es la pereza, pronto lo descubriste y esa misma pereza lo exculpó del robo.

—Pío García Page es la soberbia, qué tipo más insufrible —digo siguiéndole el juego—, Gustavo el organero es la ira en persona, enseguida me di cuenta de ello.

»La gula la ostenta don Domingo, el párroco. Ha sustituido los placeres del sexo por los de la carne.

»Me quedan aún tres pecados por adjudicar —digo pensativa.

—Te ayudo —dice el obispo poniéndose en marcha—, la lujuria eres tú. No creas que no estoy al tanto de tus andanzas.

—¿Y la avaricia? —pregunto.

—La avaricia será quien haya sido el autor del robo. Ha sido el deseo de posesión el que lo ha propiciado.

Después de un silencio en que espero que adjudique la envidia y ante la falta de respuesta, pregunto:

—¿Y la envidia?

—La envidia podría ser cualquiera de ellos pero es más patente en Rodrigo, el escultor, que ha sido muy astuto y se ha mantenido al margen de la rehabilitación. Él te ha evitado y no lo has conocido.

Me dejo de circunloquios, la cautela no sirve de nada.

—El robo lo cometió, o cuanto menos lo auspició, el párroco que había en Autillo hace diez o veinte años.

El obispo camina ahora despacio, cabizbajo, con el Antiguo Testamento sujeto con las dos manos detrás de la espalda. Ha perdido fuelle. Es el momento de rematarlo.

—¿Cómo lo has sabido?

—Me lo dio a entender el párroco actual. ¿Nunca pensó que pudiera delatarlo?

—No, la verdad es que no. Lo tenía bien atado. No consigo comprender qué ha podido romper su voluntad.

—Quizás debería haberle concedido usted el traslado de parroquia.

Me dirige una mirada escrutadora:

—¿Crees que esa es la causa? Creo adivinar cómo has conseguido que te abra su corazón. No te detienes ante nada.

Me sube la sangre a las mejillas y procuro disimular.

El obispo cambia de tono y de actitud. Parece abatido, pero no me da ninguna pena.

—Eres una persona muy decidida y espabilada. Podemos

considerar la posibilidad de proporcionarte un trabajo acorde con tus facultades.

—¿De verdad Su Ilustrísima está intentando comprarme?

—No, no lo entiendas así. Puedes negarte, si no lo quieres o no lo ves apropiado. Casi me alegro de que me hayas descubierto. Estoy cansado de esta mentira que tanto ha durado. Te lo voy a contar todo y tú dirás si al final me absuelves. Por cierto, llegados a este punto, puedes llamarme don Eusebio, que es mi nombre.

Y durante un buen rato, a paso lento y ya reincorporados de nuevo al perímetro del claustro, me va desgranando su vida. Cuando termina, parece contento de haberse quitado un peso de encima. Yo, por mi parte, me siento muy orgullosa de haber confesado a un obispo y se ha convertido en mi experiencia más apasionante hasta el momento. Si se lo cuento al de la tienda de motos en el festival de los pingüinos, seguro que no se lo cree.

Su confesión seguro que está llena de trampas, no hay que olvidar que un obispo es un experto en la materia, es un tema en que se las sabe todas.

Primero hace una introducción: su vocación temprana, sus primeros años en el seminario en los que me cuenta prácticamente lo mismo que me contó don Domingo. Está claro que la vida en el seminario no da para muchas sorpresas.

Luego, al salir del seminario, se sintió predestinado a obtener grandes cargos.

—Quería ser obispo a toda costa, sabía que era mi destino y que estaba preparado para ello, pero es una ardua tarea llegar a serlo, es muy difícil alcanzar el poder en la iglesia.

Fue ahí cuando flaqueó y su honestidad se vio cuestionada. Su primer destino fue el de párroco de Santa Eufemia en Autillo de Campos.

—No me integré demasiado bien en el pueblo. Yo había ido al seminario precisamente para escapar de la vida rural de Castilla y de pronto me catapultan a un pueblo de Tierra de Campos y me encuentro inmerso de lleno en ella. La gente del pueblo no entendía mi pensamiento. Tenía la impresión de que mis enseñanzas caían en saco roto. Me encontraba muy distante y altanero. Creo que incluso se quejaron al obispado. Pronto se afianzó en mí la idea de que tenía que salir de allí y subir en el escalafón de la iglesia.

Me cuenta cómo iba madurando la certeza de que el mejor medio para favorecer su carrera consistía en contribuir a las finanzas de la iglesia, pero su familia pasaba en aquel momento por un bache económico.

—Fue cuando se iniciaron las obras de restauración, poca cosa, más bien obras de mantenimiento y cuando apareció Rodrigo, el escultor, para restaurar la talla de la Virgen. Me habló de su valor y me propuso sustituirla por una copia que él podía hacer —su tono se exalta un poco—. Quería dar el cambiazo, el muy sinvergüenza.

—«Nadie se dará cuenta, te haré una copia exacta», me dijo, cedí, fui débil.

No me convence del todo su versión. Convierte al escultor en inductor y algo me dice que fue más bien de él quien partió la iniciativa. No le veo en un rol secundario. Luego me detalla cómo se arrepintió y decidió restituir a la iglesia todo el dinero ganado.

—No obstante, eso le permitió ser obispo —le digo suavemente.

—Eso y sobre todo mi preparación. Fueron años duros, perdí la fe y vivía apesadumbrado por el expolio realizado. No podía exponerme a que se descubriera la falsificación. Por eso nombré a Domingo párroco de la iglesia de Autillo. Lo conocía desde joven y sabía de su absoluta falta de motivación. Pensaba que podía manejarlo y lo convencí de que apenas tomara posesión de su vicaría, suprimiera las romerías y actos en los que se paseara a la Virgen del Castillo.

—Lo utilizó aprovechando lo que le contó en confesión.

Me mira sorprendido.

—Veo que lo sabes todo. Tienes que saber que, incluso sin

su confesión, podía manipularlo. Es contigo con quien me he equivocado, pensé que eras joven e inexperta.

Se queda un momento en silencio, como si pusiera en orden sus pensamientos.

—Nada ganas arrojándome a las llamas del infierno. La copia de la Virgen es buena y ya nadie se acuerda de cómo era el original. Creo que tenemos la posibilidad de pasar página. Por cierto, ¿se ha restaurado la copia?

—Sí.

—No creo que nadie perciba algo extraño en la talla, y si así fuera, pensará que ha sido por esta reciente restauración. Apenas queda gente que haya conocido el original. El escándalo no viene bien a nadie. Podrías pasar esto por alto: Pío García Page va a ganar un premio Europa Nostra, que va a dar prestigio al pueblo y a la Junta de Castilla y León.

De pronto me dice:

—Tú eres experta en el patrimonio de esta zona, ¿qué te parece ser comisaria de la próxima edición de las Edades del Hombre? Vamos a centrarla en el románico palentino, como bien sabrás.

Tengo que tomar una decisión rápidamente y me veo incapaz de hacerlo, don Eusebio no podrá ser condenado, la realidad es que no hay pruebas porque él no robó la talla, pero el escarnio y el descrédito le dejarían huella para siempre.

—Tienes que pensar en tu futuro. Ahora puedes desarrollar tu actividad en lo que te gusta y en lo que eres más competente. Estás en una nueva etapa de tu vida y te puedo ayudar. No soy desagradecido.

Don Eusebio lo sabe todo. Es terrible. Creo que no me queda otra opción que plegarme a sus designios.

—Vas a aceptar la propuesta porque es lo más razonable que puedes hacer. Mañana es el acto de clausura de la restauración y salvo que me digas algo en contra, anunciaré que serás la comisaria de la próxima edición de las Edades del Hombre. Ahora vete, estoy muy revuelto y necesito estar a solas.

Saca una llave de su cinturón, abre una puerta de madera que da al claustro y desaparece cerrando con cierta brusquedad.

Me quedo sola en el claustro. Yo también estoy muy revuelta. Salgo al exterior pasando por la nave de la iglesia, en la que se celebra la misa. Están en el momento de la consagración.

Poco tiempo me falta para quitar el candado de mi Vespa e iniciar el camino de vuelta a mi pueblo. Hace un frío tremendo.

Amanece un día soleado, pero no quiero salir de la cama. Poco antes de las doce sube la legionaria:

—Corre, el acto de clausura va a comenzar ahora mismo.

—No me apetece ir —contesto displicente.

Entonces ella decide tratarme como a una niña caprichosa, que es lo que soy en ese momento.

—No digas tonterías.

Me prepara la ropa y me quita las mantas de encima.

—Tienes diez minutos para estar en la iglesia. Además, hace un día precioso. ¡Ay, si yo pudiera ir!

Llego tarde. Hay gente en el pórtico de la iglesia donde el cretino de los vídeos ha instalado dos pantallas gigantes por las que se retransmite el acto oficial que se celebra en el interior de la iglesia con una misa solemne. Mariposeo entre los corrillos de personas que se han formado en el pórtico, ya que conozco a casi todos. Resiento que ya no se me trata como a la chica de los recados. Noto una deferencia hacia mi persona que para mí es nueva. Algo habrá dicho el obispo.

Veo a Lara, que oficia de jefa de protocolo, y me acerco a ella. Me dice:

—Quédate aquí conmigo que no me puedo mover de aquí.

Eso hago. Veo en la pantalla la iglesia engalanada y al obispo oficiando con la ayuda del párroco. Es una misa solemne. Parece una misa del Vaticano. El obispo lleva una casulla y una estola con bordados de hilo de oro e incluso don Domingo lleva una sotana limpia.

Hay música de órgano que suena de maravilla. Lara, que está junto a mí, me dice que el organista viene de Holanda.

—Teníamos una opción más lógica, un organista de la tierra, ex seminarista, que es ahora organista titular de la catedral de una ciudad francesa, pero Gustavo ha insistido en que no se le contrate. Por lo visto, está peleado con él y nos ha traído a este otro. Además Gustavo ha decidido no asistir al acto y me toca a mí ocuparme del holandés.

Vemos en las pantallas como se suceden las distintas partes de la misa. El obispo y el párroco están juntos en el momento de la consagración y creo adivinar lo que el obispo le dice al párroco:

—Traidor. Te lo haré pagar caro.

La misa termina con los saludos pertinentes entre los fieles y menos fieles mientras comienza el recital del organista. El genio de los vídeos ha colocado dos cámaras, una que enfoca la cara y las manos del organista y otra los pies. ¡Impresionante! Se puede ver un primer plano del organista mientras toca, tanto en el interior de la iglesia como en el exterior desde el pórtico, donde están colocadas las pantallas. Un prodigio de la técnica. Es verdad, que siempre resulta difícil ver bien a los organistas mientras tocan, pero este invento nos permite verlo como si estuviéramos en el coro junto al intérprete.

De vez en cuando alguien sale a fumar y entra algún otro a echar una ojeada. Yo misma me asomo, pero salgo enseguida porque no me gusta el olor a incienso que hoy es penetrante.

Entre las personas que salen al pórtico hay una impresión generalizada de que esta vez el premio Europa Nostra no se escapa. Lara también está convencida de ello.

Por desgracia, el aspecto del organista holandés desmerece de la suntuosidad del acto. Toca muy bien, pero tiene un físico muy poco elegante. Es gordo, muy gordo y lleva una barba hasta el pecho. En el primer plano que el video proyecta, se pueden apreciar unos espaguetis, o quizás fideos, entremezclados y aprisionados entre los pelos de la barba. Así que, cuando el organista mueve la cabeza al compás de la música, los fideos, sí, definitivamente son fideos, siguen el ritmo.

La otra cámara alterna planos de las manos del organista con sus pies. Cuando la cámara nos muestra como con los pies pulsa los pedales del órgano, una idea excelente para apreciar el complejo juego de pedales, aparece, de nuevo, un elemento disonante. El organista holandés se ha quitado los zapatos, seguramente para pulsar los pedales con mayor precisión, y ¡horror! el primer plano de sus pies nos muestra unos calcetines de espumilla gris con algún que otro tomate.

—Tendrías que haber avisado al organista de lo que supone un primer plano de sus pies para que llevara unos calcetines decentes —le digo a Lara al oído.

Al terminar el recital, se colocan junto al púlpito las autoridades. Entro en la iglesia junto a Lara. Es el momento de hacer acto de presencia. Comienza con los discursitos Pío García Page, henchido como un pavo y le sigue Alejandro Moltó, más distante y ameno. Finalmente habla el consejero de Cultura, con Lara que se ha colocado a su lado por si se quedara en blanco. Dice unas pocas palabras insulsas y vuelve a su banco. Me pregunto si el acto ha terminado, cuando el obispo se dirige fatigosamente al púlpito. Parece que en una noche le han caído un montón de años encima. Habla muy bien y pronuncia un discurso lleno de dobles sentidos que quizás solo yo esté en disposición de entender. Recalca que lo importante no es el camino sino el destino, en contra de lo que preconizan otras creencias.

Al final de su discurso, tras una pausa dramática, anuncia que voy a ser la comisaria de la próxima edición de las Edades del Hombre. Me invita a subir al altar para que salude y para que todo el mundo me conozca. Subo a regañadientes porque no me queda más remedio. Debería haberme tomado esto más en serio. Voy vestida con unos vaqueros y un jersey de lana de cuello vuelto, nada acorde con la situación. Sonrío y agradezco la deferencia con mucha timidez. Puedo ver a Alejandro Moltó que parece furibundo, ya que, seguramente, había dado por sentado que él iba a ser nombrado comisario de la exposición. Veo a Lara y a las tres Marías, que me aplauden alborozadas.

El acto ha terminado y todo el mundo se encamina hacia la salida. También yo me precipito hacia el exterior, en busca de la luz del sol. El olor del incienso no me deja respirar.

Me reúno con Lara y las tres Marías, buscando un territorio amigo. Estoy un poco conmocionada y me da miedo la torpeza que me invade en estos casos.

Ya en buena compañía, y como no sé muy bien qué decir, les aclaro que me preocupa el hecho de que no creo en Dios y no sé si esta circunstancia me inhabilita para el cargo asignado.

—No te preocupes, nosotras tampoco creemos en Dios, solo creemos en Tinder —me dicen las tres Marías al unísono— ya te contaremos.

Lara me felicita y me dice que ya lo sabía desde el día anterior cuándo le llamó el obispo para contárselo.

—Tengo que redactar tu contrato. Pásate por la Consejería dentro de quince días. Hasta entonces, disfruta de tu tiempo. Me voy corriendo a reunirme con el organista holandés.

La gente se va esfumando. De pronto todos tienen prisa. Me comunican que estoy invitada a comer con las autoridades en un pueblo cercano, en el que hay un restaurante de postín, pero me excuso sin aclarar el motivo de mi negativa.

Vuelvo aturdida a mi alojamiento a tumbarme un rato. Desde la ventana de mi habitación miro la calle y la plaza delante de la iglesia de Autillo, recién restaurada, luminosa y bañada por el sol. ¿En qué momento la fortuna ha pasado a sonreírme y me ha devuelto la esperanza?

Me asalta el recuerdo de Ruggeri ¿y si volviera con él? No me lo pienso demasiado: ¿Volver con Ruggeri? Qué pereza.

Me centro en lo que voy a hacer a continuación: Al final de esta semana tengo una cita en la concentración motera de los pingüinos. Tengo el tiempo justo para poner a punto la moto, no sé muy bien cómo, pero siempre puedo llenar el depósito de gasolina, comprarme varios tubos de aceite para hacer la mezcla, y preparar la ropa para no pasar demasiado frío. Quiero llegar a tiempo para el desfile de banderas y antorchas.

# Índice

# Otras obras del autor

El encargado de mantenimiento de un campo petrolero situado en la selva ecuatoriana tiene dificultades para adaptarse a su nuevo trabajo. El confinamiento en un lugar cerrado, una rígida estructura de mando y la imposibilidad de romper su contrato le llevan a planear la huida de su lugar de trabajo en busca de la libertad. Le acompaña en este viaje al corazón de la selva la enfermera del campamento que en su día fue raptada por una tribu oculta y quiere descubrir sus orígenes. Después de un largo viaje en canoa y a pie, consiguen encontrar a la tribu de los taromenane. Allí, con ellos, cree haber encontrado la Arcadia feliz, pero después de dos años de convivencia se repiten sus problemas de adaptación y decide huir solo ya que teme por su vida. Finalmente consigue volver al campo petrolero, ahora en franca decadencia, donde se ve obligado a cumplir su contrato de trabajo.

Título: Campo petrolero bloque 31
Autor: Alfonso Magaz Robain
P.V.P. 21,70€
Narrativa
ISBN: 978-84-128714-2-5

Amelia y Pandora, dos amigas de la infancia, se reencuentran en el tanatorio al morir sus respectivas madres el mismo día. Ambas tienen desavenencias con sus familias y deciden irse a vivir a Ibiza en la casa que Pandora tiene en la isla. Allí conviven en armonía a pesar de estar en constante desacuerdo sobre casi todo. Las dos amigas comparten una fuerte conexión emocional.

Título: El efecto Foehn
Autor: Alfonso Magaz Robain
P.V.P. 21,00€
Narrativa
ISBN: 978-84-121937-8-7

Sebastián, viajero impenitente, piensa que ha encontrado su lugar en el mundo con su nuevo trabajo y Cristina, su reciente amor.
Cuando se prometía una vida feliz en su nuevo piso, Cristina desaparece y la agencia de viajes que ha montado junto a su amigo Asperger se va a pique.
Iluso y aprendiz de espía, investiga, junto con Asperger, las causas de lo ocurrido en la agencia...

Título: Viaje para cuatro voces
Autor: Alfonso Magaz Robain
P.V.P. 23,00€
Policiaco
ISBN: 978-84-948893-1-8

## Pedidos:

www.eraseunavez.org

entrelineas@eraseunavez.org

# Novedades de Sunrise Editorial

Buscando el sentido de la vida y la coherencia vital de la persona, justo, consigo misma. La ley moral, su pilar más básico y fundamental.

La humanidad, siempre avanza, pese a todo y a todos.

Título: Transcendencia
Autor: Jesús Urarte García
P.V.P. 26,00€
Ensayo
ISBN: 979-13-990633-2-5

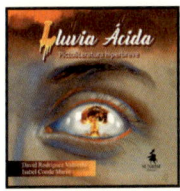

«Lluvia Ácida» es un singular ejercicio artístico que salpica con gotas de explosiva creatividad el ojo del lector. En él, ambos autores definen de forma hiperbreve, sorprendente, humorística o reflexiva diversos conceptos mediante dos artes distintas: la literatura, en forma de greguería abreviada; y la pintura, en forma de minimalismo conceptual monocromático, que por vez primera no constituye un arte subsidiario de la prosa, la ilustración literaria, sino que despliega toda su genialidad en igualdad de condiciones con la letra impresa en un raro mestizaje artístico bautizado como Pictoliteratura.

Título: Lluvia Ácida
Subtítulo: Pictoliteratura hiperbreve
Autores: Isabel Conde Marín y David Rodríguez Valtierra
P.V.P. 16,00€
Miscelánea
ISBN: 979-13-990633-4-9

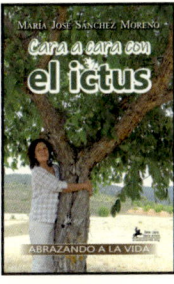

Para poder plantarle cara al ictus, hay que conocerlo.
La autora de este libro, nos invita a ello, compartiendo sus vivencias y conocimientos, tras haber sufrido esta terrible enfermedad: la primera causa de muerte en España.

Título: Cara a cara con el ictus
Autora: María José Sánchez Moreno
P.V.P. 13,00€
Biografía, superación
ISBN: 979-13-990633-5-6

Pedidos:
www.eraseunavez.org
entrelineas@eraseunavez.org

# Sunrise Editorial

........................................................................................

## *'Más vida'*

Sunrise Editorial es un espacio de creación y de manifestación vital donde se potencia a quienes de algún modo intentan renovar la literatura en español, dándole un soplo de frescura; sus talleres están abiertos también a quienes tienen algo fabuloso que contar. Cada título es una joya del autor, porque en su interior palpita su vida. Lo que cuentan, su escritura, es el Sol; y nuestros autores, sugestivos girasoles creativos. Los girasoles miran y buscan el sol. En días nublados, se miran unos a otros buscando la energía de cada uno. No se quedan mustios ni con la cabeza baja, se miran unos a otros y siguen erguidos. En nuestra editorial no se compite: se comparte. Si no tenemos sol todos los días, nos tenemos unos a otros para seguir brillando... viviendo.

*El girasol y la fábula*

........................................................................................

**SUNRISE**
Editorial

eraseunavez.org

C/. Lima, 42, posterior
28945 Fuenlabrada, Madrid
autores@eraseunavez.org
www.eraseunavez.org